Modifié

SÉBASTIEN L. CHAUZU

Modifié

ROMAN

J'AI LU

À Zoé

« Un livre qui dit toutes choses ne peut pas être dit en langue humaine car les outils dont les hommes disposent les éloignent du monde par les moyens mêmes qu'ils se donnent de le connaître. »

1

Une semaine plus tard, j'ai été cueillie par surprise. Depuis le début de l'après-midi, la neige giflait la ville. Mon SUV n'était pas encore chaussé de pneus neige et le froid avait transformé mes doigts en stalactites. Mais le plus dur était devant moi : je ne savais pas encore que je faisais route vers mon pire cauchemar. Mon allure était réduite. Je sortais d'un rendez-vous professionnel déprimant et j'avais fait un détour par un bar avant de rentrer. À cette heure de la nuit, Allan ne m'attendrait pas avec un thé servi sur un plateau. Il aurait pu, c'était son style mais il savait que je lui aurais ri au nez. Mon client, un professeur d'université qui rabattait ses cheveux sur le sommet de son crâne, voulait que je suive sa fille. D'un des tiroirs de son bureau, il avait sorti une photo de la jolie blonde et avait écrit l'adresse où la trouver au dos avant de me la tendre. « Je vais réfléchir », avais-je dit. Je détestais les filatures mais j'avais un gros besoin de liquidités.

J'avais bu mais je conduisais prudemment. J'essayais de garder une vingtaine de mètres entre la voiture qui me précédait et mon véhicule. Le rayon d'action de mes essuie-glaces était réduit de moitié à cause de la neige qui s'accumulait sur les côtés de mon pare-brise. Un chasse-neige était passé peu de temps auparavant dans les rues de ce quartier nord de Saint-Georges où Allan et moi avions acheté notre maison en même temps que le SUV. J'avais payé la maison et le SUV qui pouvait faire penser qu'on avait des enfants. De son côté, Allan avait insisté pour régler la note du bateau vendu avec la maison, un voilier d'une trentaine de pieds payé avec le salaire de misère que lui versait l'administration provinciale pour l'estimation des taxes foncières. Notre quartier bordait la rivière Saint-Georges. Avant ce jour, Allan n'avait jamais mis les pieds sur un bateau. Depuis, c'était un marin hors pair. C'est en tout cas ce qu'il disait à nos rares amis. Souvent, quand notre relation tournait au vinaigre, il menaçait d'aller vivre sur sa résidence secondaire. « Martha tu vas avoir des vacances, je fais mes valises ! Je vais vivre sur mon voilier. » Il disait *mon* voilier et *notre* maison. Je l'encourageais à le faire mais il me répondait généralement, « dès que le printemps sera là ». À sa décharge, trois mois par an, l'hiver, la glace était si épaisse qu'il était possible de traverser la rivière en voiture.

Notre maison n'avait rien de particulier, pas plus que notre quartier. Un chirurgien vivait à notre droite, un dermatologue à gauche, et en face, un pasteur avec ses six enfants. Je ne les ai jamais personnellement comptés. Quand Allan ouvrait des huîtres ou sortait le grand couteau à pain il disait, « c'est quand même bien d'avoir un voisin chirurgien ». Il devait s'imaginer que, s'il venait à s'ouvrir la main, il pourrait toujours aller sonner chez le type avec qui il avait partagé une bière lors d'une fête de quartier trois ans plus tôt pour lui demander de la sauver. La naïveté n'était pas sa seule infirmité. Je le regardais parfois déambuler dans la maison ; lorsqu'il marchait, il n'engageait pas le haut de son corps, son buste accusait toujours un retard sur ses jambes. De chaque côté, ses bras pendaient comme deux morceaux de bois mort. Pour ne rien arranger, il rêvait de devenir écrivain sans être forcément un très bon lecteur mais en dehors de ça et du reste, je partageais la vie d'un chouette type.

La voiture devant moi a tourné à droite et je me suis retrouvée seule sur Crown Street. Je passais habituellement par la rue parallèle. J'ai d'abord vu une forme sur la route. Le chasse-neige n'avait fait qu'un passage sur Crown qui était en sens unique. La forme était sur le côté droit de la route. J'ai pensé que je pouvais passer sans la toucher. J'ai eu un doute. Et puis je l'ai vue bouger, je ne voyais pas ce que c'était, une forme mal définie, de face je crois, sans doute un animal. J'aurais pu l'éviter, la dépasser et regarder sa silhouette s'effacer dans mon rétroviseur. Mon hésitation m'a été fatale. La rue était en pente, comme toutes celles plongeant vers la rivière. J'ai appuyé sur la pédale de frein. La voiture a glissé sur quelques mètres. J'ai relâché puis appuyé de nouveau. Comme je n'avais bu que trois verres, je savais que je ne débloquais pas. Je voyais nettement une forme devant moi. J'avais d'abord cru à un animal en raison des grandes oreilles qui semblaient pendre de la tête mais je n'étais pas très forte en animaux, je ne les aimais pas et ils me le rendaient bien. Allan avait deux bichons. Je faisais régulièrement des rêves où les deux bêtes m'attaquaient. Je me défendais avec des couteaux de cuisine et les deux boules de poils finissaient dans le four à micro-ondes ou dans le congélateur. Souvent, je faisais ces rêves en étant éveillée ; il aurait peut-être été plus juste de les appeler des projets. La voiture a encore dérapé, plus doucement cette fois. Je n'étais plus qu'à une vingtaine de mètres de la chose. L'éclairage public à cet endroit était faiblard et le vent soulevait la neige par moments, j'y voyais mal. J'ai augmenté la vitesse des essuie-glaces, ce n'était pas mieux. La voiture s'est arrêtée quelque part sur la neige damée, pas vraiment au milieu, ni tout à fait parallèle au trottoir que je devinais sous les congères. J'ai attendu que le vent se calme. Je suis passée pleins phares et j'ai collé mon nez au pare-brise. Le quartier était résidentiel. L'été, à cause de la proximité de la rivière et du port de plaisance, la circulation était plus dense. Une artère plus large menait au port où accostait le ferry, à quelques blocs d'ici. Le ferry était à l'arrêt depuis un mois, la glace était trop épaisse à cet endroit.

— Allan, j'ai dit en calant le téléphone entre mon oreille et mon épaule.

Le givre grignotait l'intérieur de mon pare-brise que je grattais avec mes ongles pour espérer y voir mieux. Il a grogné. J'ai répété son nom.

— Martha, c'est toi Martha ?

J'ai arrêté de frotter le pare-brise et regardé mes ongles couverts d'une pâte blanche.

— Tu es déjà couché ?

— Mon Dieu Martha, tout va bien ?

— Merveilleusement bien.

— Qu'est-ce qu'il se passe ? C'est la neige ? Tu veux que j'appelle un taxi ?

Allan ne conduisait pas.

— Un taxi, j'ai dit en haussant le ton. Non Allan, je ne veux pas de taxi.

— Mon Dieu Martha, qu'est-ce que tu veux ? Je travaille demain.

— Y a quelque chose devant ma voiture.

— Quelque chose ?

— Quelque chose, quelqu'un. Qu'est-ce que j'en sais.

Il a gardé le silence un moment.

— Bon, j'ai dit, tu m'aides pas beaucoup là. Je raccroche.

— Non, ne raccroche pas s'il te plaît. Qu'est-ce que c'est cette chose ?

— Je sais pas.

— Non ! Dégage. Descends de là !

Je n'ai rien dit.

— Martha, t'es là ? Je parlais aux chiens.

— Merci Allan, j'avais compris.

Je regardais la forme recouverte de neige. Une partie s'est détachée, une grosse patte. Je ne savais pas ce qui était le pire : imaginer qu'un ours était à quelques mètres de ma bagnole ou penser à Allan dormant entouré de ses deux rats poilus.

— T'es où ?

J'ai pensé à reculer. Je me suis souvenue qu'un type m'avait arraché mon essuie-glace arrière, une longue histoire. Descendre de voiture pour nettoyer mon pare-brise était hors de question.

— Je suis sur Crown.

Il y a eu un silence. Il se levait ou alors il s'habillait. Je ne savais pas s'il était toujours en ligne.

— C'est un animal je crois, j'ai dit en approchant mon visage de la vitre.

— Mon Dieu Martha, me dis pas que t'es bourrée, pas un mardi soir.

J'ai éloigné le téléphone de mon oreille. J'ai fermé les yeux une seconde.

— Je suis en train de m'habiller Martha. Crown ? il a demandé après un temps.

Je parlais couramment le Allan. J'ai collé le téléphone à ma bouche.

— Ça te démange hein ? Allez vas-y, dis-le. Dis-le que je suis une conne d'avoir pris Crown, oui, Crown.

Je me suis mise à l'imiter :

— « Martha, qu'est-ce que tu fous sur Crown ? » Un ours est sur le point de me becqueter et toi y a qu'une seule chose qui te préoccupe : c'est de savoir pourquoi je suis sur Crown et pas Rockcliff.

— Quelque chose, quelqu'un, un animal et maintenant un ours. Tu sais quoi, je suis habillé, tu ne bouges pas, j'arrive.

Il a surgi par la rue de derrière, il courait. Il avait mis moins de deux minutes. La maison était à peine à trois cents mètres d'ici. Entre-temps, il s'était mis à neiger plus fort. Le vent, lui, s'était calmé. Je n'avais pas éteint le moteur de la voiture. La chose n'avait pas bougé, ça me rassurait. Allan a contourné le SUV par la droite et il a frappé à la vitre. Il portait les moufles en laine que sa mère lui avait tricotées avant de mourir. J'ai déverrouillé la portière, il est entré, s'est assis, a fait pffffou et s'est tourné vers moi.

— C'est où ?

J'ai augmenté la vitesse des essuie-glaces et j'ai pointé mon doigt en direction de la forme. Les essuie-glaces grinçaient sur la glace. Un peu plus loin, la neige recouvrait pratiquement la chose. Il a suggéré :

— Un bonhomme de neige ?

— C'est ça, un bonhomme de neige, en plein milieu de la route.

— Pourquoi pas ?

Allan a posé son regard sur moi. Il cherchait à savoir si j'avais bu.

— Ça a bougé quand je suis arrivée. Je crois.

— T'as jamais vu un bonhomme de neige bouger ?

Je l'ai regardé. Il a souri et a lâché :

— Si c'est une personne, faut faire fissa. Il va y rester sinon.

J'ai ouvert la portière et je suis descendue sans la refermer derrière moi.

— Attends-moi.

Il m'a rejointe deux secondes plus tard, j'avais déjà fait quelques pas. Bon, ce n'était pas un ours. Les ours ne s'aventurent pas dans les villes. Quand j'ai été assez près, je me suis tournée pour voir où était Allan. Son visage était voilé par la neige. Je me suis alors retournée et j'ai senti que quelque chose avait changé. J'en étais certaine. La neige m'empêchait de voir quoi, comme elle m'empêchait d'entendre. Je devinais seulement les mouvements d'Allan qui s'était arrêté derrière moi, sa respiration était lourde.

— Martha, mon Dieu Martha.

— Quoi ?

— À la voiture. À la voiture.

C'est là que je l'ai vu. Il faisait largement plus de deux mètres. Il s'était brusquement redressé et il me surplombait. La chose était bien vivante et n'était visiblement pas humaine.

2

Je me suis retrouvée sur les fesses. J'ai commencé à reculer en m'aidant de mes coudes que je plantais dans la route enneigée. D'un coup, j'ai senti les mains d'Allan se poser sur mes épaules pour me tirer vers lui. Il voulait m'aider et a dû s'y reprendre à plusieurs fois pour me remorquer, ses moufles glissaient sur ma parka orange toute neuve. Quand il a enfin réussi à saisir un de mes bras, j'ai basculé en arrière et, sans vraiment comprendre, je me suis retrouvée sur le ventre. J'ai tendu mon autre bras mais, lorsqu'il a voulu tirer plus fort, un de ses pieds a glissé et il s'est étalé à mes côtés. J'ai réussi à me relever avant lui, il a pris appui sur ma cuisse et on a couru jusqu'à la voiture. Ma portière était ouverte, je suis montée devant, lui derrière. J'ai fouillé la poche de mon pantalon. Il a gueulé :

— Démarre !

Il a répété le mot plusieurs fois en soufflant dans mon cou.

— Tu crois quoi ? Que je cherche le bouton du siège chauffant ?

Je me tordais sur mon siège. Ces putain de clés étaient introuvables. Les mains d'Allan sont venues se poser sur mes épaules, doucement.

— Martha.

Sa voix avait changé, elle était calme.

— Martha, regarde.

J'ai retiré la main de ma poche et relevé la tête. Il n'était pas facile de voir quelque chose sans essuie-glaces. La chose mesurait plus de deux mètres, c'était acquis. La chose avait aussi des bras. Comparé au reste du corps, ils semblaient très petits. Mes doigts ont trouvé les clés que j'avais rangées dans une des poches latérales de ma parka. J'ai mis le contact et, tout de suite, les essuie-glaces ont brassé la neige. J'ai reconnu les oreilles parce qu'elles m'avaient interpellée. Les essuie-glaces ont encore gratté un peu de glace. C'étaient des oreilles de chien, la chose n'était pas un ours, encore moins un bonhomme de neige vivant. D'un coup, elle a changé de taille. Elle était maintenant beaucoup plus petite, de taille humaine. La chose avait sauté, peut-être d'une caisse. J'ai plissé les yeux pour y voir plus clair : la chose était un gamin, un gamin qui portait un bonnet paré d'oreilles de chien.

— Mon Dieu Martha, c'est un gosse.

Il a ouvert sa portière, je suis restée dans la voiture. J'ai tout regardé de mon siège. Allan a enlevé la neige du dos du gamin, il portait un sac à dos. Il lui a parlé, a mis un coup de pied dans un truc en bois, le gosse était bien sur une caisse. Je ne pouvais pas voir son visage. Après quelques minutes, il a finalement bougé pour suivre Allan qui lui a ouvert la portière arrière. Le gamin est monté et c'est là que j'ai réalisé ce qui se passait : un gamin venait d'entrer dans *ma* voiture, sous *ma* responsabilité ; mon pire cauchemar était en train de se réaliser. Et en plus il parlait.

— M'man veut pas que je monte avec des étrangers.

— Qu'est-ce qu'il a dit ?

Allan s'était installé à côté de moi à l'avant. Le gamin a répété :

— M'man veut pas que je monte avec des étrangers.

— Ça va aller. Tu vas crever de froid si tu restes là.

— J'attends la gratte.

Je les regardais communiquer. Il me semblait qu'ils parlaient une langue étrangère.

— La gratte ? j'ai demandé.

— Il attendait le chasse-neige, pour monter dedans je crois.

Allan s'est retourné pour glisser sa tête entre les deux sièges.

— Mon mignon, c'est pas un bus le chasse-neige et puis il passe pas à heure régulière.

Allan s'est tourné vers moi.

— C'était une caisse en bois. T'as vu ? Il était sur une caisse en bois. Tu sais, pour voir le chasse-neige arriver.

— Allan.

— Oui.

— Tu pleures.

Ses yeux étaient luisants.

— C'est le froid, ça me fait toujours ça.

— Ça doit être ça.

Allan regardait le gamin, je regardais Allan et le gamin regardait par la fenêtre de la voiture.

— Il est frigorifié, Allan a dit.

— Si c'était que moi, je dirais qu'il est en pleine forme.

— M'man veut pas que je monte avec des étrangers.

Le gamin tournait en boucle.

— En revanche, monter avec un étranger dans un chasse-neige ne te pose pas de problème ? j'ai demandé. Mais je ne sais pas, tu comptais peut-être le virer de son engin ?

Personne n'a réagi à ma remarque. Au lieu de ça, Allan scrutait ma parka.

— Tu reviens de la chasse ?

— Pourquoi tu dis ça ?

— C'est quoi cette couleur ? Orange !

On a parcouru les trois cents mètres qui nous séparaient de la maison en silence. Une fois arrivés, Allan a fait descendre le gamin de voiture. J'ai ouvert la porte et ils sont passés devant moi. Le gamin s'est assis dans l'entrée, sur un banc. Ce n'était pas une mauvaise place. Je me suis assise sur la première marche des escaliers.

— Appelle les flics, j'ai dit.

— Mon Dieu Martha, laisse-le se réchauffer un peu.

Il s'est penché au-dessus du gamin. Les chiens s'étaient réveillés, je les entendais courir depuis notre chambre. Ils ont dévalé les escaliers pour sauter sur leur maître.

— Tu veux un chocolat chaud ? a demandé Allan.

— M'man veut pas que j'accepte des choses des étrangers.

J'en avais assez entendu, j'ai retiré ma tenue de chasse.

— Tu te répètes petit et tu sais quoi ? C'est la journée des premières, va falloir t'y faire.

Ça ne lui a fait ni chaud ni froid au gamin. Je suis partie dans la cuisine.

Allan est venu me rejoindre, ses chiens dans ses bras. Ses chiens me faisaient toujours penser à des seins, deux gros nibards poilus qu'il se serait fait greffer sur la poitrine, des bichons, même le nom invitait à la comparaison : Allan et ses *bnichons*. Il m'a annoncé que le gamin ne voulait pas dire où il habitait, qu'il ne voulait rien nous dire. J'ai donc fait ce que toute femme avec un tant soit peu d'instinct maternel aurait fait en pareille circonstance : j'ai moi-même appelé les flics. Aucun gamin n'avait été porté disparu. Ils m'ont demandé son âge. J'ai dit seize au pif.

— Pourquoi vous m'appelez au juste ? m'a demandé le flic.

J'ai répondu que je n'étais pas un centre d'accueil et qu'il fallait venir le chercher. L'officier n'a pas dû aimer mon ton parce qu'il m'a fait remarquer que lui non plus n'était pas un centre d'accueil, avant de raccrocher. Au loin, j'entendais notre invité expliquer à Allan que ses chiens étaient dégoûtants. J'ai apporté un

Coca au gamin. Il l'a pris et l'a bu d'un trait avant de me faire savoir que sa marque préférée était le Big 8 Cola et qu'il fallait que j'en achète. Pour un gamin qui ne montait pas avec les étrangers, il ne se démontait pas, le bonnet aux oreilles de chien. J'ai profité de l'ouverture pour lui demander où il achetait son Big 8 machin. Il a dit au supermarché. J'ai demandé lequel. Il a réfléchi, m'a regardée, puis il m'a répété qu'il ne me donnerait pas son adresse.

— Mais qui te demande ton adresse ?!

J'allais poursuivre avant de me souvenir que j'étais en présence d'une personne qui avait attendu un chasse-neige en plein blizzard pendant plusieurs heures, comme on attend un métro aux heures de pointe, motivé par l'espoir de l'apercevoir ou pire l'illusion de pouvoir monter à son bord. Après avoir fait un clin d'œil à Allan, j'ai dit :

— Mais puisque tu abordes le sujet, c'est quoi ton adresse ?

Privilégier l'approche directe. Il m'a souri et m'a tendu son verre vide. Ce petit con voulait me faire péter les plombs. Sous son bonnet, j'ai remarqué qu'un appareil recouvrait ses oreilles. Au début, j'avais cru à des écouteurs. Je comprenais maintenant qu'il s'agissait plutôt d'un genre de casque antibruit. Quand on lui parlait, il plaçait un des coussins du casque à cheval sur son oreille pour pouvoir nous entendre. J'avais vu une émission sur les gens qui souffrent de misophonie. J'en ai parlé à Allan quand on est retournés dans la cuisine mais il était trop occupé à vouloir lui faire des œufs brouillés, d'après lui tous les gamins aimaient les œufs brouillés.

— Et s'il est allergique aux œufs, tu y as pensé ?

— T'as raison.

— En même temps, ça réglerait notre problème.

— Ah bon ?

Il avait un sachet de pain de mie dans les mains et fouillait dans le congélateur.

— On saurait qui appeler.

— Qui ? il a demandé.

— La morgue, suffirait d'appeler la morgue. Au pire une ambulance. Et hop, bon débarras !

— Bon, un sandwich fera l'affaire, il a dit en s'éloignant du congélateur. Attention, sans beurre d'arachide. Qu'est-ce que t'en penses ? Un sandwich au beurre et au poulet, c'est pas mal non ?

Il a sorti une boîte en plastique contenant du poulet.

— Peut-être qu'il est allergique au gluten, j'ai dit.

Il a lancé la boîte en plastique sur la table de la cuisine avant de sortir un pot de mayonnaise du frigo.

— Et merde !

Il a saisi un couteau et a étalé la mayonnaise sur les toasts qu'il venait de faire sauter hors du grille-pain. Je l'ai regardé et j'ai haussé les sourcils.

— Me fais pas chier Martha, le sandwich est pour moi.

Il s'est assis et l'a englouti en grognant. Ses bnichons se sont jetés sur les miettes qu'il semait.

— Occupe-toi de lui si tu veux, moi je vais me coucher. Téléphone à un refuge pour animaux ou quelque chose.

— Très drôle.

Il se préparait déjà un deuxième sandwich. Je suis passée devant le gamin, il n'avait pas bougé du banc, seulement rapproché son sac à dos de ses jambes.

— À l'école, il a dit, les autres m'appellent Modifié.

— C'est extra ! Modifié ? Ça me fait une belle jambe.

Je me suis arrêtée au pied des marches.

— Tu sais quoi, je lui ai dit, je vais tout de suite aller écrire ça dans mon journal intime.

Puis j'ai gravi quelques marches avant de l'entendre me demander :

— Tu sais pourquoi ?

Je ne me suis pas retournée.

— On va faire un truc, j'ai dit, tu gardes ça pour ta psy et moi je vais me coucher. Je suis claquée.

La suggestion a eu l'air de lui convenir parce qu'il n'a pas répondu. Les bnichons m'ont suivie jusqu'en haut, je les ai poussés du pied, pas méchamment, juste pour les faire tomber. L'un d'eux m'a montré les dents. Ils sont passés devant moi en tortillant leurs petits culs poilus.

Le lendemain matin, la maison était calme. Je n'avais pas été réveillée par Allan. Il avait dû partir au travail. Je suis descendue me préparer un café et avec ma tasse pleine à la main, convaincue d'être seule, j'ai arpenté chaque pièce du rez-de-chaussée. Je passais d'abord ma tête par la porte, puis j'y pénétrais lentement, comme quelqu'un qui se serait réveillé dans une maison étrangère. Le bas était désert. En remontant le store dans le salon, j'ai remarqué qu'Allan n'avait pas dégagé la neige dans l'allée. Les sillons laissés dans la nuit par la voiture avaient été comblés par celle tombée depuis. Allan n'avait pas le permis mais il dégageait l'allée pour moi, c'était son unique activité physique. Je suis remontée à l'étage pour me faire couler un bain. Le téléphone a sonné, c'était la fille d'Allan.

— Salut Allison, désolée, ton père est au travail. Il est plus de huit heures tu sais ?

— Tu peux lui dire que j'ai appelé ?

— Bien sûr. Compte sur moi.

— Martha, tu te souviens la dernière fois ? Tu avais oublié.

Je me suis assise sur le rebord de la baignoire. J'ai attendu qu'elle poursuive en tournant le robinet.

— Ça arrive d'oublier.

J'ai bu une gorgée de café tout en passant ma main gauche sous l'eau puis j'ai essayé d'imiter sa voix haut perchée :

— Merci Allison, je vais essayer de ne pas oublier d'oublier, cette fois.

L'imitation n'était pas franchement réussie.

— Martha, Martha chérie, ne monte pas sur tes grands chevaux, tout le monde peut oublier.

— J'ai une idée, pour me rattraper, je vais faire mieux que lui dire que tu as appelé. Je vais lui dire pourquoi tu as appelé.

— Et pourquoi j'ai appelé ?

— Pas à moi ma chérie. Ton père peut-être, mais pas à moi, non. Tu appelles toujours pour la même chose *darling*, l'argent.

— Martha ?

— Oui *darling*.

— Martha, va te faire foutre. S'il te plaît, va te faire...

— Très bien *darling*. J'imagine que ce message est aussi destiné à ton père. Je transmettrai, sans faute.

Allison et moi n'étions pas exactement les meilleures amies du monde.

De retour dans ma chambre, après avoir pris mon bain j'ai regardé par la fenêtre les propriétés de nos voisins. Le chirurgien faisait venir une entreprise de déneigement pour nettoyer son allée. Les gars venaient en général vers six heures du matin et l'alarme de recul de leur gros tracteur réveillait toujours Allan qui avait le sommeil léger. Il ne s'en plaignait pas. La plupart du temps, leur véhicule soufflait la neige sur notre pelouse, ça dépendait du vent. La machine crépissait aussi le sapin qu'on avait dans l'angle, ou l'érable, ou notre réverbère. Le dermato, quant à lui, avait une souffleuse à neige, genre motoculteur mais pour la neige. L'homme était bâti comme une montagne. Il maniait le gros engin à moteur comme je l'aurais fait d'un jouet en plastique. Son allée était à un mètre seulement de la nôtre et se trouvait bordée, de l'autre côté, par une grande haie. Le mur végétal séparait son allée de son jardin, raison pour laquelle il ne pouvait faire autrement que de tout envoyer de notre côté. Il aurait évidemment fallu qu'il se débarrasse de sa haie mais c'était une autre histoire. Il va de soi que les répercussions étaient fâcheuses puisque cette neige-là ne finissait pas sur un arbre ou sur la pelouse, mais directement sur notre allée, et qu'il fallait bien que quelqu'un la déblaye. Ce quelqu'un était Allan mais comme Allan était un chouette type, il ne se plaignait ni d'être réveillé par le tracteur du chirurgien, ni de se taper la neige du dermato. Avec le temps, j'avais remarqué que quand le dermato poussait sa souffleuse, il hochait la tête sans raison particulière, vers la gauche, un tic nerveux sûrement. Ça me donnait l'impression qu'il soufflait la neige comme s'il la détestait. Généralement, Allan dégageait notre allée avant la sienne et devait donc tout recommencer dès son retour du travail. Un chouette type, je vous dis. Le pasteur qui vivait en face de chez nous, avait, lui, son personnel. Il faisait bosser ses six gosses. Je l'admirais pour ça et pour ça seulement. En moins de trente minutes, quelle qu'ait été la chute de neige durant la nuit, son allée était nickel. Et son allée était longue, beaucoup plus longue que la nôtre.

En passant devant la salle de bains, je me suis souvenue que je n'avais pas vidé la baignoire et j'ai repensé à Allison. La fille d'Allan, une vingtaine d'années, était l'enfant d'un premier mariage. La mère habitait de l'autre côté du

Canada. Allison était malheureusement restée sur la côte Est et dès que ça n'allait pas, se souvenait qu'elle avait un père. Elle dormait parfois à la maison, étudiait prétendument la philosophie, peut-être pour comprendre pourquoi les mecs la dégoûtaient à ce point. Allison aimait les filles et, comme si ça ne suffisait pas, elle aimait se donner un genre, le genre « sophistiqué ». Elle avait dû choisir ça à l'adolescence. À partir d'aujourd'hui, s'était-elle dit, je serai *Barbie* sophistiquée. J'aimais la faire craquer. Quand toute l'eau de la baignoire a été évacuée, je suis sortie dans le couloir. Il m'a semblé entendre un bruit, puis plus rien. En plus de la nôtre, la maison possédait trois autres chambres ; l'une d'elles était devenue mon dressing, une autre servait à ranger le matériel de golf d'Allan. Un jour, un raton laveur avait tout bousillé dans notre garage, ses clubs compris. Depuis, Allan conservait son matos à l'étage. La dernière chambre faisait office de bureau. Il n'y avait donc plus qu'un seul lit dans notre maison, le nôtre. J'avais pris soin de me débarrasser de tous les autres. Ainsi, quand Allison restait dormir, elle devait s'accommoder du canapé. Je l'avais fait changer en juillet, en prétextant que le précédent faisait l'objet d'un rappel suite à un défaut de fabrication. Le nouveau était bien plus court et le terme « canapé » était franchement exagéré. Il s'agissait plus d'un objet rendant la position horizontale moins confortable que la position verticale. Désormais, les pieds d'Allison dépassaient. J'avais espéré qu'elle s'en plaindrait, la salope y avait dormi trois ou quatre fois mais n'avait jamais rien dit.

Je l'ai trouvé au milieu du matériel de golf d'Allan. Il était en train de remettre son pantalon. Il avait de larges cuisses, ses cheveux étaient en pagaille et son ventre flasque dépassait de son tee-shirt. Un ours en peluche traînait par terre, il l'a ramassé et l'a collé sous son bras. Puis il est passé devant moi. Il marchait en rentrant les pieds vers l'intérieur et en les traînant. Il n'était pas réellement gros, simplement relâché, indifférent aux regards des autres. Sa démarche ressemblait étrangement à celle de l'acteur Kevin Spacey dans le film *Usual Suspects*, son pied droit piquait vers l'intérieur.

— Hey Keyser Söze, t'as passé la nuit ici ?

— Modifié.

— Ah oui, Modifié, si tu veux.

— C'est qui, Kuser So…

— T'as dormi par terre ?

— Je suis en retard pour l'école.

— Épatant.

— Je suis en retard.

Il s'est déplacé et je l'ai suivi. Il traînait son pied droit sur le sol. Sa chaussure semblait servir de mise à la terre, comme ces bandes en caoutchouc qu'on trimballait jadis à l'arrière des bagnoles.

— T'as déjà utilisé une pelle à neige ?

Il a souri.

— Tu sais combien ils ont de grattes à Saint-Georges ? il a dit.

— De quoi ? De grattes ? Ha oui… Non, non.

Il m'a donné un nombre que je n'ai pas entendu. J'ai haussé les épaules et je me suis éloignée.

Dix minutes plus tard, le gamin était dans l'allée et il ne faisait pas semblant. Allan ne dégageait pas la neige, il se contentait de la pousser. L'allée rapetissait donc à mesure que l'hiver se prolongeait. Modifié, lui, utilisait une technique différente. Il chargeait la pelle ras la gueule, la faisait passer par-dessus son épaule et envoyait valser son contenu plusieurs mètres derrière lui. La neige était sèche. Il avait fait très froid. Ça laissait une traînée blanche. En vingt minutes, Modifié avait dégagé l'allée. Peut-être trente. J'avais eu l'impression qu'il était allé très vite. Une fois son œuvre achevée, il a quitté mon champ de vision. J'ai fini mon deuxième café, enfilé un manteau. Il attendait devant le garage, son casque sur les oreilles. Je suis sortie en même temps que le dermato qui a mis un coup de pied dans la poudreuse que Modifié venait d'envoyer sur son allée. Quand Allan poussait la neige, il la poussait toujours du côté de notre jardin. Mon compagnon boxait dans la catégorie « meilleur voisin », Modifié dans la catégorie « rien à foutre ». J'ai regardé le dermato en demandant à Modifié de rapidement monter dans ma voiture pour que je le conduise à l'école ; je devais m'en débarrasser. On a commencé à rouler et sa langue s'est miraculeusement déliée, sûrement l'effet de la pelle à neige. J'ai appris qu'il allait à l'école à Saint-Georges High. Je l'aurais imaginé dans une institution spécialisée, pas dans un lycée traditionnel. Peut-être qu'il me mentait. Après tout, il n'avait pas voulu me donner son adresse. Mais ça m'importait peu, c'était la dernière fois que je le voyais.

Je me suis garée devant l'entrée principale de l'établissement, il a tout de suite ouvert la portière. Je n'avais jamais déposé un gamin devant son école. Ce n'était pas compliqué en fin de compte. Modifié ne s'est pas retourné. J'attendais qu'il rentre dans le bâtiment en brique pour repartir mais, avant qu'il atteigne l'entrée, un chevelu lui a tapé sur la tête. La tape n'était pas franchement amicale. J'ai encore un peu attendu. Allan m'avait demandé d'aller voir les secrétaires de l'école afin que ses parents soient avertis qu'on avait retrouvé leur gosse. Il les imaginait morts d'inquiétude. J'avais mieux à faire. Modifié a continué son chemin et j'ai pu reprendre ma route.

Le soir, Allan a lancé la conversation. Il était rentré avant moi et avait préparé des lasagnes. J'étais en train de tremper ma salade dans la sauce tomate quand il a commencé :

— Hum, tu crois que le gamin est quoi ?

— Le gamin d'hier, Modifié ?

Les chiens d'Allan tournaient autour de moi.

— Oui. Tu crois qu'il est quoi, lent ?

— Lent. Pourquoi pas timide tant que tu y es.

— J'ai parlé à Gus, il va le prendre avec lui dans son chasse-neige.

— Gus. C'est qui Gus ? J'ai raté un épisode ?

— Un pote du boulot. Le week-end il s'occupe de déneiger les routes. Il doit neiger ce week-end. J'ai dit à Modifié de venir nous voir samedi.

J'ai balancé un petit coup de pied à l'un des chiens. Il ne m'a même pas regardée méchamment. Allan a poursuivi :

— Dieu, t'aurais vu sa tête.

Allan faisait souvent référence à Dieu. Pour autant, Dieu et lui n'étaient pas intimes. C'était un simple tic de langage.

— Modifié, tu crois qu'il ferait un bon sujet de livre ?

— Je veux pas de lui à la maison, j'ai dit.

La porte d'entrée s'est ouverte et Allison est apparue dans la cuisine. De mieux en mieux.

— Assieds-toi chérie, j'ai fait des lasagnes.

— T'as bien entendu Allan, tu te démerdes. Je ne veux pas de lui chez moi.

Il s'est tourné vers le plan de travail. Je le connaissais par cœur. Quand un conflit couvait, il enfouissait sa tête dans le sol et attendait que la magie opère, c'est-à-dire d'utiliser à son avantage le fait que je me foutais d'à peu près tout et qu'il lui suffisait d'être patient pour arriver à ses fins. Mais pas cette fois. Les enfants me foutaient la trouille sans que je sache pourquoi, ils me mettaient mal à l'aise, je ne voulais pas avoir à assumer la responsabilité d'un autre être que moi-même.

— Martha, tu parles de moi au masculin maintenant ?

— Ton père a raté ton éducation *darling* mais il essaye de se racheter.

— De se racheter ?

— Il a ramassé un demeuré dans la rue hier soir.

J'ai frissonné et remonté la fermeture Éclair de ma veste camouflage.

— Si tu le laisses faire, j'ai dit, dans une semaine ton père aura tout arrangé avec son notaire et tu devras partager ton héritage avec le bas de plafond.

— De quoi elle parle ?

— Argent-Argent, j'essaye de parler ton langage Allison.

— Je ne comprends pas.

— Où en est ta recherche d'emploi ?

— Martha, en quoi est-ce que cela te regarde ?

— En quoi est-ce que ça me regarde ? Elle est bonne celle-là.

Allan s'est finalement retourné. Il a posé une assiette pleine de lasagnes devant sa fille et s'est penché vers moi pour me parler à l'oreille :

— J'aimerais que tu cesses de harceler ma fille.

— Je ne la harcèle pas, je la soumets gentiment à la question. Libre à toi d'appeler cela des… pressions, des attentions réitérées, des assauts verbaux voire des… agressions ; et puis merde Allan !

Allison est venue secourir son père. Elle a dit sans reprendre sa respiration :

— Martha-Martha, tu ne m'avais pas dit ! Tu as enfin reçu ton cadeau d'abonnement ; tu dois être folle de joie !

Je l'ai regardée. Je savais que le coup allait venir. Elle a réussi à garder son sérieux. Elle a attrapé le col de ma veste et levé un sourcil, alternant questions et réponses sur le même ton bienveillant :

— Ta veste Martha ! C'est bien le cadeau d'*Hunting and Shooting*, le magazine de chasse ? Je viens juste de la reconnaître. Mon oncle a la même. Ils l'offrent à tous les nouveaux abonnés, pas vrai ? En revanche, c'est dommage, rupture de stock sur le modèle femme ? Mais tu sais quoi Martha ? Le modèle homme te va comme un gant.

Je ne sais pas ce que j'ai le plus détesté, ses lèvres pincées ou mon manque de repartie.

— Tu sais ce qu'elle te dit ma veste ? Et toi Allan, tu sais ce qu'elle te dit ma parka orange ?

— Une parka orange ! a dit Allison en jubilant. Une parka orange ! Oh, je veux voir ça Martha ! Va la chercher. Allez, s'il te plaît, qu'on s'amuse un peu !

Allan riait depuis un bon moment maintenant. Il savait qu'il allait le payer. Visiblement, il s'en foutait.

Je suis sortie de la cuisine avec mon assiette et ma veste d'*Hunting and Shooting*, les deux chiens derrière moi. Je me suis assise dans le salon sur le petit canapé inconfortable en gueulant à Allan d'appeler ses chiens. J'entendais des bribes de leur conversation ; Allison avait trouvé un travail, un truc dans un magasin. J'espérais qu'il ne lui refile pas les restes de lasagnes. Je ne voulais pas avoir à me faire à manger le lendemain et je devais absolument cesser de commander des plats chez le traiteur du coin. Ça me coûtait trop cher. Une des boules de poils a essayé d'atteindre mon assiette, je l'ai envoyée au tapis d'un revers de la main. Je l'ai regardée rouler au sol. Ça ne m'a même pas arraché un sourire. Ces cons de bnichons n'étaient vraiment bons à rien, pas même bons à me défouler.

3

L'horloge de mon ordinateur affichait deux heures. Je ne sais pas ce que je faisais assise à ce bureau depuis la fin de la matinée. Allan était allé rendre visite à sa fille sur son lieu de travail. La patronne d'Allison la faisait travailler le week-end, je ne donnais pas deux semaines à la petite. J'ai entendu quelqu'un frapper à la porte d'entrée, je suis descendue. J'imaginais devoir rembarrer un colporteur, un voisin, de la famille ou autre importun : c'était Modifié. Allan avait vu juste, il neigeait et le gamin était de retour. Pour ne pas décevoir Allan, j'ai ouvert la porte.

— Allan n'est pas encore rentré, tu peux t'asseoir là, j'ai dit en montrant les marches du porche sur lesquelles il était. Va pas tarder.

Modifié a regardé les marches enneigées à ses pieds. N'importe qui d'autre aurait chassé la neige avant de s'asseoir. Pas lui. Je l'ai observé faire de la fenêtre du salon. Puis j'ai aperçu le pasteur. Il tenait un mug dans ses mains. Il était debout, sous le petit auvent qui protégeait sa porte d'entrée. Devant, ses gosses faisaient un bonhomme de neige géant. Ils roulaient, tassaient la neige, la levaient, s'activaient comme si leur vie en dépendait. Le pasteur s'est avancé, a tordu le cou en direction de Modifié. Puis d'un coup, je l'ai vu faire marche arrière, pousser sa porte d'entrée, retirer ses chaussons fourrés et enfiler ses santiags. Et merde, j'ai pensé en me précipitant vers le vestibule.

— Viens là ! Rentre, je te dis.

J'avais gueulé du seuil. Avoir une conversation avec le pasteur était définitivement la dernière chose dont je rêvais. Le gamin n'a pas réagi, il portait son casque sur les oreilles. J'ai foulé la neige à mon tour, j'étais pieds nus. Je l'ai attrapé par la manche. Il a fait un mouvement brusque qui m'a fait valser à un mètre de lui. Je me suis retrouvée sur les fesses, encore. Le froid brûlait le bas de mon dos. Je tentais de me sortir de là quand il m'a saisie sous les bras et m'a soulevée comme une plume. À un moment, je crois, mes pieds ne touchaient plus le sol. Peut-être étaient-ils trop engourdis pour que je ressente quoi que ce soit. Le pasteur était maintenant à une dizaine de mètres de nous. Il avait traversé la route et a parlé. J'ai dit que tout allait bien, qu'il pouvait rentrer chez lui et j'ai posé ma main sur l'avant-bras du gamin.

— Toi, viens !

Modifié a dû lire sur mes lèvres parce qu'il m'a tout de suite suivie et s'est assis sur le banc de l'entrée. Je suis montée mettre des chaussettes et me changer. Quand je suis redescendue, il n'avait pas bougé. Les chiens étaient couchés à ses pieds, j'ai pensé à lui préparer une boisson chaude. Allan est arrivé.

— Elle t'a fait entrer, t'as de la chance. Elle doit beaucoup t'aimer tu sais.

Modifié n'a rien dit, moi non plus. Il aurait pourtant été préférable que j'explique la situation à Allan, il allait s'imaginer des choses mais il ne m'en a pas donné le temps.

— Regarde dehors.

Allan avait ouvert la porte en grand. Les chiens ont essayé de sortir. Il leur a barré le passage avec sa jambe. Un énorme chasse-neige était stationné devant notre maison, duquel un type faisait des signes. Le visage de Modifié s'est éclairé comme un sapin de Noël. Je suis remontée dans ma chambre, j'avais autre chose à faire que les regarder s'entasser dans un chasse-neige. Surtout, je devais continuer mon enquête sur la fille du professeur d'université. J'avais un peu avancé, je savais qu'elle avait vingt et un ans et lui cinquante. Il ne m'avait pas fallu longtemps pour comprendre qu'elle n'était pas sa fille, plutôt une petite amie, une ancienne élève qui tentait de lui échapper. Dix ans plus tôt, sa femme l'avait quitté pour un autre homme. Pas d'enfants. Une demi-journée avait suffi pour collecter ces informations. J'aimais bien savoir où je foutais les pieds et ce pour quoi on me payait vraiment. Le professeur était jaloux, il voulait savoir si sa petite amie le trompait avec l'un de ses camarades de classe. Une affaire comme ça, c'était de l'argent facile, je ne pouvais pas me permettre de cracher dessus. Certes, ce n'était pas le genre d'enquête à vous réveiller la nuit mais ça tombait bien parce que je tenais à mon sommeil.

À la question, profession, je répondais d'ailleurs habituellement : « aucune ». « Rentière » était la réponse que donnait Allan. Il aimait se targuer d'avoir épousé une Erwin. Il faut dire qu'en l'espace de trois générations, ma famille était devenue la quatrième famille la plus riche du Canada. Selon les dernières enquêtes économiques, le groupe Erwin pesait huit milliards de dollars. Allan n'avait jamais osé me demander de réclamer le fric que me devait le groupe familial. Je savais que ça le chauffait.

Tous les samedis, la « fille » du prof dirigeait un groupe de soutien dans les locaux de l'université. Je disposais d'une heure et j'ai décidé d'aller m'acheter un livre à la librairie du centre commercial. La libraire m'a conseillé un livre de Salter qui était « très bien mais un peu érotique », pourquoi pas « érotique mais très bien » ou « très bien et rempli de cul ». Je détestais la pudeur. Mon livre « mais érotique » sous le bras, j'ai marché jusqu'à ma boîte postale. Personne n'en avait connaissance, pas même Allan, c'était ma façon de le protéger. J'avais du courrier. J'ai rangé la lettre dans la poche intérieure de ma parka orange et je suis retournée dans ma voiture. La filature pouvait commencer.

La petite amie du prof portait une jupe très courte sous un manteau de fausse fourrure. Très chic. Elle est sortie d'un des bâtiments de l'université et s'est dirigée vers l'arrêt de bus.

Un type de son âge l'attendait. Au lieu d'attendre le bus, ils sont allés dans un coin, il a collé sa langue dans la bouche de la gamine et j'ai vu sa main disparaître sous le manteau de fourrure. Elle a fermé les yeux et basculé sa tête en arrière, il a retiré sa main et passé ses doigts sur ses lèvres. Très chic, encore. J'ai pris trois photos. La filature était terminée. Le prof n'allait pas me demander de les prendre en flagrant délit. Ce n'était pas exactement une histoire de pension alimentaire.

Après ça, j'ai retrouvé Allan en ville pour déjeuner. Quand il est arrivé accompagné de quelques collègues, j'étais déjà installée à table. Je les ai observés par la vitre, Allan a dit quelque chose et les gars ont ri, l'un d'eux lui a même tapé sur l'épaule. Je ne comprenais pas la popularité d'Allan. Avant de s'éloigner, le plus grand d'entre eux m'a saluée. Son visage me disait vaguement quelque chose. J'ai attendu qu'Allan soit assis.

— Qu'est-ce que tu racontais à tes collègues ?

— Oh rien, des bêtises.

— C'est qui le grand ?

— Brice. Il est venu une demi-douzaine de fois à la maison.

— Brice, bien sûr, j'ai dit.

Aucun souvenir. Allan riait encore. Son sourire s'est progressivement effacé de son visage.

— Pourquoi tu ne me fais pas rire moi ? j'ai demandé.

Il s'est complètement refermé. Il n'a pas répondu et a commandé des spaghettis. J'ai demandé un café et la carte des desserts. Une ambulance est passée devant le restaurant. Allan s'est de nouveau animé, il était excité à l'idée de me raconter son tour de chasse-neige avec Modifié.

— T'aurais vu le gamin !

— T'utilises encore ce truc avec les inconnus qui te dégoûtent ?

— Quel truc ? Quels inconnus ?

— Tu sais, ce que tu racontes tout le temps, ta méthode pour « aimer les gens », quand t'imagines que l'inconnu est un de tes écrivains préférés.

— C'est vrai que je ne connais pas le quart des visages de mes écrivains préférés.

— C'est ça ! L'inconnu te dégoûte mais comme il pourrait écrire des choses que tu adores, tu le regardes quand même.

— Tu dis ça pour le gamin ?

Dehors, des sirènes annonçaient l'arrivée de voitures de police. Elles sont passées devant le restaurant, le bruit a rempli la salle et les clients se sont tournés vers la rue.

— Tu crois qu'ils vont vers où ?

— La jetée, les paquebots peut-être, qu'est-ce qu'il y a d'autre là-bas ?

Les voitures avaient tourné en faisant crisser leurs pneus. Allan m'a demandé :

— Je te faisais rire avant ?

Je l'ai regardé. Il attendait une réponse sincère.

— Pas vraiment non.

En dehors de quelques particuliers, c'était le groupe Erwin qui me confiait la majorité de mes missions. Allan savait qu'il m'arrivait de faire des « recherches » pour eux. Ce qu'il ne savait pas, c'est sur quoi reposaient ces recherches. C'est J.C. qui le premier m'avait donné ma chance. John Chris Erwin, le grand-père de mon père, que tout le monde surnommait J.C. Erwin, était celui par qui tout avait commencé. De son vivant, rien ne lui avait échappé et il avait fait en sorte que rien ne change à sa mort. Sa devise était : « La famille avant tout ». J.C. aimait garder ses proches occupés ; il était ainsi plus facile de les surveiller, disait-il. J.C. n'avait jamais aimé mon père mais il avait tenu à me faire travailler. Me trouver un emploi n'avait pas été simple. Je n'avais pas fait d'études et je n'avais pas de talents particuliers ni d'appétence pour les affaires, on m'avait donc chargée de tout ce qui devait se passer en sous-main. Ma première mission avait été de suivre l'un de ses employés, un architecte que J.C. soupçonnait de coucher avec la femme d'un de ses sous-directeurs. Il s'était avéré que l'homme en question ne couchait pas avec cette femme. L'architecte couchait en fait avec le sous-directeur. J.C. avait regardé les photos des deux hommes enlacés puis il me les avait rendues avec, au-dessus, une épaisse enveloppe remplie de billets. Pour cette première mission, j'avais acheté un petit appareil et investi dans un gros zoom. En voyant les clichés, J.C. m'avait assuré que je ne ferais pas carrière dans la photo. Il m'avait ensuite expliqué que nous échangerions dorénavant uniquement par courrier. La chose m'avait paru très romantique. Ça, et le fait que ni l'architecte, ni son sous-directeur, n'aient été inquiétés. Depuis ce jour-là, chaque mission avait pour référence la date d'envoi de la première lettre.

Le lendemain de mon déjeuner avec Allan, j'ai reçu une de ces lettres. Nous étions le 25 octobre. Avant d'y mettre le feu, je l'ai lue et relue jusqu'à la connaître par cœur. La veille, les voitures de police et les ambulances ne s'étaient pas dirigées vers la jetée ni vers les paquebots. Le bruit et la fureur avaient filé vers Saint-Georges High. L'après-midi, toutes les radios et tous les sites d'information n'avaient parlé que de ça ; un prof avait été trouvé mort dans la piscine de l'école. J'avais déjà parcouru les journaux avant de me rendre à ma boîte postale. Par conscience professionnelle, je les ai relus une seconde fois après avoir brûlé la lettre. Aucune information susceptible de m'aider n'y figurait. J'ai alors passé quelques coups de fil. Rien non plus de ce côté-ci. Mes contacts m'ont dit qu'ils allaient se renseigner. À en croire la lettre, il fallait que je fasse vite. La mission référencée « 25 octobre » était officiellement ouverte.

En rentrant, le soir, Allison était de nouveau là. J'avais commandé des pizzas chez le traiteur un peu plus tôt dans l'après-midi et j'étais en train de les faire réchauffer quand Allan a remis ma pratique en question.

— Y a que toi pour faire réchauffer des pizzas achetées chez le traiteur.

— Tu sais bien qu'ils sont débordés le soir, c'est mieux de les acheter l'après-midi.

Il n'a pas insisté. Allison a demandé à son père ce qu'il pensait de Modifié. Après le tour en chasse-neige en compagnie de Gus, elle avait conduit Allan au travail et le gamin à l'école. Allison rendait ce genre de petits services à son père. Je n'avais toujours pas digéré ses remarques sur ma veste camouflage, elle aurait pu devenir ma veste fétiche, elle était désormais rangée sous le lit, dans une poche plastique. La petite me devait le respect, je comptais bien le lui rappeler.

— Qu'est-ce que tu veux dire ?

Allison a posé un des chiens sur le sol avant de répondre.

— Père, il a quelque chose.

— Je ne comprends pas ce que tu veux dire.

J'ai regardé Allison qui s'était penchée sur l'autre chien. Ça me faisait mal d'abonder dans son sens.

— Il en tient une sacrée couche. C'est ça que ta fille veut dire.

Allan nous a regardées.

— Oh ça va, j'ai dit, fais pas l'innocent, le gamin, Modifié, il a pas la lumière à tous les étages.

Le chien qu'Allison avait posé par terre s'est mis à lécher le cul de l'autre. Allison s'est redressée et on les a tous regardés faire. Personne n'a essayé de les arrêter. Les bnichons d'Allan se rendaient ce genre de petits services. Je me suis demandé ce qui se passerait si on décidait subitement de faire fi du cadre social. Peut-être que j'aurais enfoncé ma fourchette dans la cuisse d'Allison, ou ma langue dans sa bouche ? Le chien numéro deux se tenait tranquille pendant que l'autre lui faisait son affaire. J'avais du mal à détacher mon regard du spectacle.

— Il est peut-être un peu lent ? il a dit.

— Martha à la rigueur, je te l'accorde. Martha est un peu lente, mais le gamin, non, pas le gamin.

J'ai mollement protesté tout en observant le chien numéro deux rouler sur le dos.

— Je suis juste à côté de toi au cas où t'aurais pas remarqué.

Les chiens s'en payaient une bonne tranche.

— Vous êtes mauvaises langues.

Je ne savais pas si Allan avait choisi le mot « langue » par hasard ou si le spectacle canin lui montait également à la tête. On regardait tous dans la même direction. Sans grande conviction, j'ai déclaré :

— Allison a raison, le gamin, Modifié, il est pas lent, il a un grain.

J'ai voulu interrompre le manège des chiens en balançant un coup de pied vers eux mais ma chaise était trop éloignée et mon pied s'est baladé dans le vide. Je me suis concentrée sur les pizzas, elles étaient passables. Les chiens ont inversé les rôles, le chien numéro un s'est couché sur le dos. Allan a essayé de reprendre la conversation.

— Un grain ! Ce gamin est adorable.

Au prix d'un effort colossal, je suis enfin parvenue à retirer mes yeux des chiens.

— Oublie, a dit Allison, tu vis avec Martha, tu as perdu tout sens de la normalité.

J'aurais voulu presser sa tête entre mes mains, comme un citron, faire gicler le jus de ses pores. Je ne sais pas ce qui m'a retenue. L'heure trop tardive peut-être, la fatigue, la distraction des chiens, la lâcheté sans doute. Je cédais de nouveau au spectacle des bnichons. Le chien numéro deux s'en donnait à cœur joie. L'arrière-train de son compère était plus luisant qu'une pomme qu'on aurait lustrée sur la manche d'un pull angora.

Allison a balancé une nouvelle vanne mais je n'ai pas réagi.

Quelque part dans ma tête, une chose plus importante que les petits jeux d'Allison ou ceux des chiens me tracassait. J'étais préoccupée par le dossier du 25 octobre. Je n'arrivais pas à comprendre comment mon cousin pouvait être lié au meurtre de ce prof retrouvé dans la piscine de son école. Et pourtant, il semblait bien que ça avait été le cas. Mon boulot consistait à le sortir de ce merdier et quelque chose me disait que c'était loin d'être du tout cuit.

4

La nuit avait été courte. Un de mes contacts m'avait réveillée pour m'avertir que mon cousin allait faire la une des quotidiens. À la mort de J.C., j'avais pensé devoir chercher un autre emploi. Entre le jour de sa mort et l'enterrement, une semaine s'était écoulée, j'avais réfléchi à ce que je savais faire et j'étais arrivée à la conclusion que la mort de mon arrière-grand-père annonçait le début de la saison des vaches maigres. Heureusement, je n'avais pas eu à me morfondre très longtemps, une lettre était arrivée le lendemain des funérailles. De l'argent venait d'être viré sur mon compte. La mission était simple : je devais me renseigner sur l'un des enquêteurs de la police de Saint-Georges. Je n'ai jamais su qui, dans le groupe Erwin, avait décidé de continuer à faire appel à moi. J'avais cru savoir des choses sur J.C., je m'étais souvent trompée. Il avait pourtant été mon unique employeur et moi son fidèle limier. Connaître le nom de celui ou de ceux qui désormais allaient effectuer les virements n'était pas nécessairement très utile. Soit J.C. avait vanté mes mérites au point qu'un de ses fils s'était résolu à continuer de m'employer. Soit J.C. avait fait savoir que ma connaissance des secrets de la famille faisait de moi une ennemie qu'il valait mieux avoir dans son camp. Dans le premier cas, mes qualités professionnelles avaient été exagérées. Dans le deuxième, c'était ma témérité. J'aurais été bien incapable de me dresser contre le groupe. Une chose m'était en tout cas apparue très clairement le jour où j'avais décidé de continuer de bosser pour le groupe : je n'avais ni éthique, ni ambition.

Dès que j'ai eu raccroché, je me suis mise au travail. Mon cousin, Daniel, avait visiblement trouvé le corps du prof, un français du nom de Barjal, dans la piscine de son lycée. La victime était un homme d'une quarantaine d'années, sportif, marié, un enfant, arrivé cinq ans plus tôt au Canada. Ce con de Daniel n'avait pas simplement été au mauvais endroit au mauvais moment, il avait aussi pris la mauvaise décision ; il avait repêché le corps de l'eau sans attendre l'arrivée de la police. Ça en faisait un suspect parfait. Je n'avais pas pu réunir beaucoup d'informations et j'ai pensé qu'il valait mieux aller directement à la source. Je me suis donc rendue, dès l'aube, devant son lycée. J'étais en train de réfléchir à la façon dont j'allais l'aborder quand Modifié est arrivé. Deux gamins l'ont contourné avant de tenter de lui grimper sur le dos. Je n'avais pas d'enfants mais je savais que, de nos jours, les parents faisaient tout un foin de ce qu'ils appelaient

« harcèlement ». C'était ridicule, moi aussi j'avais été maltraitée à l'école. Une salope de rouquine m'avait un jour volé une belle montre toute neuve avec un cadran jaune mais je m'en étais remise ! Toujours à chercher des responsables. J'ai tourné la tête et j'ai vu Daniel sortir d'une voiture aussi haute qu'un étage. C'était sa mère qui conduisait. Je me suis couchée sur le siège passager pour qu'elle ne me voie pas. Après le départ de la voiture, j'ai observé Daniel, menton levé comme toujours, avec ses cheveux courts et sa raie sur le côté, l'éternel fils modèle. Il portait une cravate et une veste de costume. Daniel jouait avec l'équipe de soccer du lycée le soir même et l'usage était de porter un soin particulier à sa tenue quand on représentait son école. J'avais bien connu le gosse avant de prendre mes distances avec sa famille, ou plutôt avant que sa mère ne m'en écarte. Je l'avais fait sauter sur mes genoux, je lui avais lu des histoires, raconté des énigmes. Daniel adorait les énigmes. Une fille est arrivée, ils ne se sont pas embrassés. J'allais découvrir son nom un peu plus tard, Cassy. Ils ont parlé et sont entrés avant que la sonnerie retentisse. Il me fallait une excuse pour parler à Daniel, une bonne excuse et je ne l'avais pas encore trouvée. Je suis allée faire un tour pour y réfléchir.

J'ai conduit jusqu'à la jetée avant de faire demi-tour. Quand je suis repassée devant le lycée, devant l'entrée principale, celle devant laquelle les bus s'arrêtaient, j'ai vu le gosse descendre les marches, d'immenses marches en pierre. Le lycée avait été construit un siècle plus tôt sur une pente tirée comme une langue jusqu'au port. Les oreilles de son bonnet se balançaient d'avant en arrière. Je l'ai laissé prendre une centaine de mètres d'avance. Il filait tout droit. Au bout de la rue, il a tourné à droite puis est entré dans la patinoire de la ville. J'ai garé ma voiture, je suis entrée. La patinoire se remplissait lentement de joueurs, l'équipe universitaire, sans doute. Je l'ai aperçu de l'autre côté, en haut des gradins. Modifié ne regardait pas les joueurs, il était tourné vers la salle du chronométreur, une étroite pièce vitrée. Un gars est arrivé, hors d'âge, avec un café dans une main et un jeu de clés dans l'autre. Il a fait entrer Modifié devant lui et ils se sont assis. Je crois qu'ils se sont parlé. Je suis partie. Je devais trouver un moyen d'entrer en contact avec Daniel et arrêter de voir ce gosse partout.

Quelques coups de téléphone, trois cafés, un déjeuner pris sur un comptoir et une vidange plus tard, je rentrais chez moi, presque heureuse de retrouver Allan.

— Comment était ta journée ?

— Bien, j'ai répondu, j'ai fait la vidange de la voiture.

Je voulais faire la paix avec lui. Allan était un chouette type, je l'ai déjà dit. Il rangeait notre linge dans la commode de la chambre. Preuve, s'il en faut, qu'il était un chouette type.

— Ma fille va rester avec nous quelques jours.

— Tu veux en parler ?

— Non.

Je voulais faire la paix avec Allan. Comme le sujet était brûlant, je me suis imaginée enfilant de gros gants de cuisine.

— Tu sais où elle va dormir ? j'ai demandé.

— Pas ton problème.

Il est sorti de la chambre. Par la fenêtre, j'ai vu les phares de la voiture d'Allison dans l'allée puis j'ai entendu la sonnette de la porte d'entrée. J'ai appelé Allan avant de me décider à aller ouvrir. Les chiens ont dégringolé les marches devant moi.

— Tu peux pas utiliser la clé sous la pierre ? j'ai demandé.

— Non Martha, tu sais bien, je peux pas toucher les pierres.

J'ai laissé entrer Allison qui a salué les chiens et me suis dirigée vers la cuisine. Après m'être servi un verre, j'ai ouvert le congélateur à la recherche d'un petit caillou réfrigéré. J'ai bien pensé lui demander ce qu'elle entendait par : « Je peux pas toucher les pierres » mais j'avais peur de sa réponse.

— Qu'est-ce que tu bois ?

— Whisky.

— Je peux ?

Sans attendre ma réponse, elle a pris mon verre et y a trempé ses lèvres. Elle me l'a rendu et a sorti son téléphone.

— Merci de me laisser dormir ici quelques nuits. Tu vas voir, ma nouvelle copine est à tout casser.

— De rien.

— D'ailleurs, tu sais Martha, pour la pierre, j'y pense, j'ai une clé de la maison. Père m'en a fait faire une.

— De *ma* maison, j'ai précisé.

— J'oublie toujours que je l'ai dans mon sac. Quelle tête en l'air je fais.

Allison a lu un message. Elle s'est redressée puis cambrée pour glisser son téléphone dans la poche arrière de son jean, une petite prouesse étant donné l'étroitesse du pantalon.

— Génial, elle a trouvé la maison, elle est devant la porte ! Tu vas voir, elle est à tout casser.

Je voulais lui dire qu'elle se répétait, au lieu de quoi j'ai laissé tomber le glaçon dans mon verre de whisky. Je n'ai pas eu le temps d'aller au salon que j'ai entendu la porte s'ouvrir et la copine entrer.

— Ce n'est pas ma mère, c'est Martha. Martha, dis bonjour.

Les bnichons d'Allan essayaient de sauter la copine. J'ai dit bonjour ou quelque chose comme ça en continuant ma route.

— Tu veux que je te prépare un truc à manger ? elle lui a demandé.

J'ai relevé un sourcil et immédiatement regretté d'avoir quitté la cuisine. J'aurais voulu voir ça, mais la seule idée qu'Allison puisse cuisiner un « truc » m'a remonté le moral.

— Si j'étais toi, Allison a ajouté, je m'arrangerais pour ne pas me retrouver seule avec elle.

Elle parlait évidemment de moi. Je me suis assise dans le canapé, Allan descendait les escaliers. Les trois se sont mis à parler du nouveau boulot d'Allison. Je voyais mal ce qu'il pouvait y avoir d'excitant à vendre des téléphones. Les filles ont ensuite parlé de leur rencontre, j'étais contente d'avoir embarqué la bouteille de whisky avec moi. Dans la cuisine, Allan aidait sa fille aux fourneaux, il lui a réclamé un couvercle, la fille à tout casser avait un rire de hyène.

— Chérie, tu es où ? Allan a crié. Mon Dieu, Martha, tu as lu les journaux ? Tu as lu ce qui est arrivé à Daniel ? Tu lui as parlé ? Chérie ?

Il a traversé le vestibule pour se planter dans l'encadrement de la porte du salon. Sous l'effet du whisky, le canapé était devenu soudain effroyablement confortable.

— Martha, c'est incroyable que la famille ne puisse rien faire pour faire taire ces journalistes.

— La famille, quelle famille ?

— Erwin.

— Je croyais que tu parlais de ta famille, j'ai dit.

Il m'a regardée, a fait une pause, puis a repris avec un peu moins d'entrain.

— Tu as parlé à ton oncle, qu'est-ce qu'il va faire pour Daniel ? Je suis sûr que le gamin n'a rien à voir avec cette histoire de meurtre, c'est pas son style.

— Allan ? Honnêtement, tu as déjà dit d'un type, « Oh lui, le meurtre, c'est tout à fait son style » ?

— Est-ce que tu as parlé à ton oncle ?

— Est-ce que j'ai parlé avec lui ? Évidemment, on s'appelle tous les jours, les meilleurs amis du monde.

— Arrête Martha, tu sais ce que je veux dire.

— C'est leur problème.

— Je croyais que tu l'aimais bien ton cousin. Tu crois qu'il y est pour quelque chose ?

— Où est-ce que ta fille va dormir ?

Il a fait un signe de tête en direction du canapé sur lequel j'étais assise. La sonnette de la porte d'entrée a retenti en même temps. Il était presque huit heures du soir, je n'avais vu aucune lumière de phares se refléter dans les vitres du salon.

Allan s'est approché d'une des portes-fenêtres, puis il est sorti du salon pour aller ouvrir. C'était Modifié. Décidément, ma maison prenait des airs d'auberge de jeunesse. Le gamin est entré et s'est assis sur le banc de l'entrée. Je suis passée par la cuisine pour prendre un paquet de gâteaux au chocolat et je suis montée dans ma chambre avec la bouteille de whisky sous le bras.

Quand Allan m'a rejointe au lit, deux heures plus tard, il n'avait pas l'air de m'en vouloir.

— Tout le monde est couché.

Je n'ai pas demandé qui était tout le monde, j'espérais seulement pouvoir dormir suffisamment tard pour avoir la maison pour moi à mon réveil. J'avais pris soin de fermer mon bureau à clé. Il a arrêté son regard sur mon livre « mais érotique ».

— Qu'est-ce que tu lis ?

— Cinquante nuances de Salter.

Allan n'a pas relevé ma blague et s'est déshabillé. Sa peau était flasque par endroits mais ce n'est pas ce qui le rendait moins attirant. Certes, c'était pas Harrison Ford.

— Pas mal et chiant aussi. Puisque tu me demandes.

— Pourquoi tu continues de le lire alors ?

J'ai fait semblant de poursuivre ma lecture, le temps de réfléchir à une réponse honnête que j'aurais pu lui faire.

— Modifié, il a dit, il ne veut toujours pas me dire son nom. Ni à Gus d'ailleurs, Gus a pourtant cinq gosses, j'ai cru qu'il allait savoir le prendre, pas comme nous, mais non.

Allan s'est assis sur le lit. Il me tournait le dos, ses bnichons le fixaient, ils attendaient son autorisation pour grimper sur le lit. Il s'est mis à rire.

— Gus lui a posé des questions. À un moment, Modifié lui a dit d'aller se faire foutre. J'ai pas su quoi dire. Le gamin lui a dit d'aller se faire foutre comme il lui aurait donné l'heure. Gus a rien dit et tu sais ce que le gamin m'a répondu quand je lui ai demandé s'il avait aimé ?

C'était maintenant certain, Allan n'allait pas la boucler. J'ai fermé mon livre.

— Le gamin m'a dit : « Ton ami, il a pas voulu me laisser conduire. » C'est un gros chasse-neige, j'ai dit, c'était quand même bien d'être assis à l'intérieur ? Alors le gamin m'a répondu : « J'ai pas le droit au lait et j'aime pas quand mon père mange une glace. » En tout cas, j'ai dit, ça s'est quand même bien passé. Et là, tu sais ce que le gamin m'a répondu ? « Ouais », comme ça en marmonnant.

Je ne lui ai pas demandé ce que Modifié faisait chez nous, ni s'il dormait à la maison, ni ce qu'il entendait par « bien passé » étant donné que le gamin avait insulté son pote de boulot. Écouter ses réponses m'aurait demandé trop d'énergie. J'ai préféré lui faire remarquer que Modifié avait un père et que ce n'était pas lui mais il ne m'a pas écoutée.

— Le pasteur ! il a continué. Le pasteur, avec tous les gosses qu'il a, il saura lui parler. Et il est pasteur après tout. D'ailleurs, c'est un surnom ou il est vraiment pasteur ? Si seulement j'avais eu un garçon…

Il n'allait pas la boucler, y avait rien à faire. Un chouette type pourtant. Pourquoi n'écrivait-il pas un journal intime au lieu de me bassiner ? J'ai décidé de reprendre mon livre « mais érotique ». Je ne voulais pas l'entendre parler du fils qu'il n'avait jamais eu. J'ai vite trouvé le sommeil.

Le lendemain, j'ai été réveillée par la porte d'entrée que quelqu'un venait de claquer. Je me suis levée et, de la fenêtre de la chambre, j'ai vu Allan traverser la route. Les gosses du pasteur attendaient le bus, j'ai essayé de les compter : impossible, ils bougeaient sans arrêt. Il aurait été plus facile de compter des poissons rouges dans l'un des aquariums surpeuplés de l'animalerie. Le pasteur était en chaussons, Modifié marchait à côté d'Allan. La neige avait fondu et les oreilles de son bonnet se balançaient comme des couettes. J'ai ouvert la fenêtre pour entendre ce qu'il disait, en vain. Le pasteur a regardé Modifié, a parlé, les lèvres de Modifié n'ont pas bougé. Dans l'allée, la fille d'Allan avait démarré sa voiture et faisait une marche arrière, je crois qu'elle était seule au volant. Le pasteur s'est approché de Modifié, il a tendu ses bras et a posé ses mains sur ses épaules. Les bras de Modifié étaient le long de son corps mais d'un coup il les a levés pour saisir les avant-bras du pasteur avec ses larges pinces. Le pasteur a grimacé et retiré les siennes. Modifié n'a pas insisté, il a rapidement lâché prise. Allan paraissait très fâché. Le pasteur frottait ses avant-bras en grimaçant et Allan faisait de grands gestes désordonnés. Il s'est tourné vers Modifié et a finalement crié :

— Qu'est-ce qui va pas chez toi ?

J'ai ri mais personne ne m'a entendue. Allison venait de klaxonner pour inviter Modifié et Allan à monter dans sa voiture, un vieux truck bleu ciel. Il sont partis.

Je suis descendue me faire un café. J'étais en train de porter la tasse à mes lèvres quand la fille à tout casser est entrée dans la cuisine. Je ne me souvenais pas de son visage. Elle avait donc dormi à la maison. Elle a ouvert le frigo et a choisi un yaourt dont elle a retiré l'opercule. J'ai posé mon café sur la table.

— Hey beauté ! j'ai dit pour attirer son attention. Tu m'as bien regardée ? Tu trouves vraiment que j'ai la tronche d'une gonzesse avec qui tu te serais foutue en colloc ?

Tout en me fixant, elle a sorti sa langue, l'a fait glisser sur les bords du pot et a lentement traversé la cuisine pour s'installer en face de moi. Après m'avoir souri, elle a commencé à laper le yaourt. Rapidement, elle en a eu plein les lèvres.

— La prochaine fois, j'ai dit, j'écrirai mon prénom sur le pot.

J'ai avalé une gorgée et je l'ai observée.

— Depuis quand tu fais ça ? j'ai demandé.

— Ça quoi ?

— Tu sais bien, avec les filles ?

— Ah ça.

Elle portait un débardeur trop grand, pas de soutien-gorge. Elle a déclaré :

— Depuis toujours j'imagine.

— La provoc, c'est ça ton truc, t'aimes ça ?

— Pas vraiment non.

La fille à tout casser s'est levée pour aller se servir une tasse de mon café. Je voyais ses seins bouger, elle le faisait exprès. Les chiens aussi paraissaient excités, moins par ses seins que par les miettes de la tranche de pain de mie qu'elle venait de prendre sur la table.

— Problème avec papa ou maman alors ?

Elle n'a pas répliqué.

— Tu comptes t'habiller ?

Elle s'est rassise, a fait signe que oui de la tête et a commencé à m'observer.

— Allison m'avait prévenue que t'étais coriace, elle a dit, pas que tu avais un joli petit minois et un joli petit cul.

— Elle t'a aussi prévenue qu'elle pouvait pas toucher les pierres ?

— Ça arrive. Une de mes copines est allergique à la couleur mauve.

Coriace ou pas, il m'a fallu quelques secondes pour me faire à ce nouveau monde où des filles allergiques aux pierres et à la couleur mauve venaient prendre mon frigo d'assaut ; et surtout à l'idée qu'elles pouvaient me trouver à leur goût.

— Elle t'a aussi dit de pas rester seule avec moi.

Elle a fait signe que oui de la tête en souriant, elle avait de belles dents.

— Y a un bus qui part dans vingt minutes, j'ai dit, tu ferais mieux de pas l'louper. C'est pas un hôtel ici.

— D'accord.

Il n'y a rien de plus énervant que les gens qui font tout pour ne pas vous énerver.

— Le canapé était assez confortable pour toi ?

— Pas mal oui.

J'ai cru m'étouffer.

— Pas mal ? C'est une planche à clous ce truc.

— Si tu le dis.

Elle s'est penchée sur la table pour attraper une autre tranche de pain de mie, un de ses tétons s'est fait la malle.

— Tu sais, elle m'a dit la bouche pleine, on a pas trop dormi avec Alli.

J'ai pensé qu'il était plus sage de me taire et de la laisser seule avec les chiens.

Je suis remontée dans la chambre pour lister les urgences à régler. Me débarrasser de Modifié n'allait pas poser de problème. Pour Allison, j'avais aussi un plan. Ce qui m'inquiétait le plus, c'était cette histoire de meurtre. J'avais perdu le contact avec Daniel depuis un certain temps et je devais lui parler si je voulais le tirer de là. Enfin, il y avait Allan, il n'allait pas rester « chouette » très longtemps s'il découvrait la véritable raison de ma passion pour les plats du traiteur. M'envoyer en l'air avec la jeune livreuse, aussi délicieux que ça puisse être, n'était pas la réponse à mes problèmes de couple.

5

Quarante ans plus tôt, mon arrière-grand-père, J.C., avait mis la main sur les journaux de la province. La manœuvre lui avait été reprochée mais les gens s'étaient progressivement fait une raison en le voyant éponger des dettes que personne n'aurait pu combler. Dans ces conditions, il aurait été logique d'observer une certaine bienveillance de la presse écrite à l'égard du groupe Erwin. Seulement voilà, il y avait eu un précédent : le testament de J.C. Erwin. L'affaire datait d'une vingtaine d'années, un an après sa mort. Le *Georges Post* était déjà la propriété de la famille Erwin quand l'un de ses journalistes, un certain Forbes, avait eu accès au testament. À la surprise générale, le journal avait publié le document dans son intégralité. L'affaire était salée ; pour exonérer la famille des droits de succession, J.C. sommait ses fils de quitter le pays. S'ils ne respectaient pas cette clause, le groupe leur échapperait. Ces révélations avaient évidemment choqué la province. Ce qui explique que personne n'avait été surpris de voir le visage de Daniel en une des journaux. La famille Erwin n'avait pas vraiment « bonne presse » depuis ce jour-là.

J'ai relu mes notes dans ma voiture. Le lycée était resté ouvert le lendemain du crime avant de fermer pour deux jours. Les parents du prof assassiné avaient fait le voyage de France où Barjal était né et avaient demandé à rencontrer Daniel et Cassy. J'avais moi aussi essayé de voir Daniel, sans succès. Il avait été entendu en qualité de témoin et en présence de son avocat. De mon côté, je manquais de pistes, ce n'était jamais bon. J'ai repris mes infos : Daniel avait retrouvé le corps de son coach de soccer au milieu de la piscine de son école. D'après les élèves que j'avais interrogés, Daniel et Barjal s'entendaient bien, certains disaient même qu'ils s'entendaient « très bien ». Les guillemets sur mes notes traduisaient les haussements de sourcils des élèves. J'avais aussi appris le surnom que Barjal donnait à Daniel, seul joueur à avoir eu droit à cet « honneur » (nouveaux guillemets, nouveaux haussements de sourcils).

J'ai attendu que les parents de Barjal s'éloignent et je suis sortie de ma voiture. J'ai descendu la rue en direction de Daniel et Cassy.

— Tiens Daniel, ça va ? Qu'est-ce que tu fais là ? Tu n'es pas en cours ?

— Bonjour Martha, non. Le lycée ne rouvre pas avant demain.

J'ai regardé en direction de Cassy qui s'est présentée, j'ai répondu en écorchant son nom de famille pour ne pas éveiller les soupçons. Elle m'a corrigée, je me suis excusée.

— Daniel, je voulais te dire.

Il s'est mis à rire.

— Qu'est-ce que c'est que cette veste ?

J'ai posé les yeux sur ma veste en cuir à franges. Je l'avais ressortie d'un placard deux jours plus tôt. Qu'est-ce qu'ils avaient tous avec mes fringues ? Je n'ai pas eu le temps de répondre qu'il me tournait le dos en me lançant :

— Désolé, j'ai pas le temps.

Il s'éloignait déjà. Un peu tôt pour activer le plan B mais je n'avais pas le choix.

— Attends Daniel, je vais être honnête, j'ai un service à te demander. C'est à propos d'un gamin, il s'appelle Modifié.

— Connais pas.

Ils s'étaient arrêtés. Cassy s'est retournée la première.

— Mais si Daniel, c'est le gamin avec le look spécial.

J'étais entre eux deux, dans la position du prêtre qui s'apprête à célébrer une union. Je me suis approchée.

— Celui avec l'ours en peluche ?

Cassy a souri.

— Il a arrêté de venir avec son ours mais oui, c'est lui, il a toujours une grosse bouteille de Coca-Cola dans les mains.

— Du Big 8 Cola, j'ai dit malgré moi.

— Comment tu le connais ?

— C'est une longue histoire Daniel, je lui rends quelques services.

— Toi, tu rends service ? Gratuitement ?

Je me suis tournée vers Cassy.

— Est-ce que tu peux jeter un œil sur lui à l'école ? Je m'inquiète pour lui.

— Si tu veux.

— Merci. Et tiens Daniel, j'ai dit en lui tendant un papier à moitié déchiré que j'avais glissé dans l'une des poches de ma veste en cuir, je voulais te donner ça depuis longtemps, c'est une énigme.

J'ai terminé en déclarant que je ne voulais pas les embêter plus longtemps et j'ai mis les voiles. La sécurité de Modifié était le cadet de mes soucis mais la chance me souriait enfin : à première vue, Cassy était proche du gamin ou du moins, elle n'était pas de ceux qui essayait de lui baisser son pantalon dans les couloirs du lycée. Il m'importait peu de savoir ce qu'elle trouvait à l'éclopé du cerveau pour l'instant, l'essentiel était que je me rapproche d'elle. Restait simplement à savoir si l'énigme jouerait son rôle d'appât. Je la traînais depuis des années, elle était courte : « Paul est retrouvé mort au milieu d'une forêt. Il porte une combinaison de plongée. Ses os sont brisés en miettes. Comment est-il mort ? »

J'allais devoir faire vite si je voulais aider mon cousin et, accessoirement, ne pas perdre mon job. Le dossier du 25 octobre avait été suivi d'un versement sur mon compte secret. C'était toujours le cas et je ne commençais jamais mon travail avant la réception de la somme. La somme n'était pas discutée, elle me donnait une idée de l'importance que mon employeur accordait au dossier. Je devais découvrir qui avait tué Barjal et m'arranger pour que la police soit mise au courant. Autrement, les enquêteurs allaient s'accrocher à Daniel, ils s'accrochent toujours à un nom quand ils n'ont rien. Deux jours après le premier versement, j'ai reçu un deuxième versement du même montant. La pratique était inhabituelle, le signe peu encourageant pour mon affaire.

Dans la voiture, en rentrant chez moi, je me suis demandé si la nouvelle petite amie d'Allison, la fille à tout casser et au téton sauteur, allait trouver grâce aux yeux d'Allan. Il avait eu un faible pour l'ex de sa fille, Paula. Je savais qu'elle revenait de temps en temps à la maison, quand elle était certaine de ne pas y trouver Allison. Allan aimait son sens de l'humour, sa décontraction, ses fines épaules, et ses gros seins aussi. Surtout ses gros seins. Allan avait toujours eu un faible pour les poitrines généreuses, il partageait au moins ça avec sa fille. De mon côté, j'aimais bien Paula : elle avait la trentaine, avait travaillé dans une banque jusqu'au jour où, lassée, elle s'était autoproclamée artiste peintre. Allan avait acheté une de ses peintures, c'était franchement mauvais mais il avait tenu à l'accrocher dans ma maison, sur un des murs du vestibule. Chaque fois que mes yeux se posaient dessus, en lieu et place du paysage, je lisais : « Attention Martha, voilà à quoi tu t'exposes si tu te laisses aller à faire n'importe quoi. » C'était la raison pour laquelle j'aimais bien Paula et ce tableau, ils étaient des piqûres de rappel.

Allan était déjà là quand je suis rentrée. Ses bnichons collés à la poitrine, il m'expliquait qu'Allison avait largué la fille à tout casser et qu'il songeait à lui acheter un chien de rupture. J'ai essayé d'imaginer ce qu'était un chien de rupture. Je me suis assise sur le lit et Allan a fait de même, ses chiens toujours dans les mains. Souvent, je ne comprenais pas ce qu'Allan attendait de moi. En revanche, lui savait parfaitement ce que j'attendais de lui : un bon repas le soir, une conversation qui ne tire pas vers le mélo, son versement bimensuel sur le compte commun. Un jour, il s'était mis à boire ; un verre le soir, parfois deux. Je lui avais expliqué que ça lui allait mal, il avait arrêté. Ce n'est pas que je voulais tout contrôler, c'est qu'Allan pouvait être perdu parfois, sans moi. Il avait besoin de lignes directrices fortes et il en était conscient. Paula n'était pas un simple verre de vin. Je ne pouvais pas m'en débarrasser aussi facilement, je savais que je devais être patiente. J'aurais pu le menacer de dire à sa fille qu'il la voyait en cachette mais je ne voulais pas prendre le risque de le braquer. Pas avec les seins qu'elle avait, des petites citrouilles. Allison avait largué Paula pour une fille plus jeune, chose que Paula avait étonnamment bien prise. Je ne tenais pas à ce qu'Allan me plaque pour une fille plus jeune. Je n'avais pas peur de le perdre, je craignais simplement de perdre le peu de confiance en moi qu'il me restait. J'ai posé ma main sur sa cuisse et fait mine de savoir de quoi il parlait.

— Un chien de rupture ! Tu sais que c'est une excellente idée.

Le lendemain soir, j'étais à la sortie du lycée. Ma voiture était garée en face de l'entrée, mes fesses appuyées à la portière, côté passager. Cassy est sortie en compagnie d'une fille à la peau translucide, son opposée. Cassy était métisse. Elle a dit au revoir à la fille transparente et a traversé la route pour venir vers moi. On s'est gentiment saluées, elle s'est excusée de ne pas avoir compris que j'étais « de la famille ». J'ai tiqué au mot « famille ». Elle s'est approchée un peu plus près. Elle hésitait à caler ses fesses sur ma bagnole. Je l'ai observée. Elle sentait la colle au parfum d'amande et la transpiration, ses cheveux n'avaient pas été lavés de plusieurs jours.

— Il m'adore.

Je lui ai demandé si elle parlait de Daniel, elle a ri.

— Non, Modifié ! Modifié m'adore ! Il ferait tout pour moi. J'aime pas l'appeler comme ça, mais il veut pas qu'on l'appelle autrement.

— Tu connais son vrai nom ?

— Non.

Elle a gardé le silence quelques secondes. Elle regardait souvent ses pieds. Elle portait des bottes en plastique bicolores qu'elle frottait sur le bitume.

— Vous êtes drôle, elle a dit.

— Je suis drôle ?

— Pas drôle, drôle.

Elle a commencé à jouer avec ses cheveux gras.

— Tu veux dire bizarre ?

— Vous voulez pas savoir pourquoi on l'appelle comme ça ?

J'ai essayé de comprendre ce que Daniel lui trouvait. La dernière fois que j'avais parlé de filles avec lui, il m'avait dit, « Moi, embrasser une fille, bah ». J'avais visiblement manqué plusieurs épisodes. Ce que je savais de lui tenait à peu de choses : il venait de se mettre au soccer alors qu'il n'y avait jamais joué de sa vie, encore moins vu un match à la télévision. Il jouait aussi au football américain et courait avec l'équipe de l'école. Daniel n'avait donc pas le temps de participer aux entraînements dirigés par Barjal, ce qui ne l'empêchait pas d'être titulaire et d'occuper le poste de libero. Mon cousin était un garçon athlétique, une tête de plus que les autres, buste droit, les yeux au-dessus de la mêlée, toujours rivés sur le ballon. Dans tous les sports qu'il pratiquait, sa technique était rudimentaire mais son sens du placement et ses qualités physiques faisaient la différence.

— Vous m'avez entendue ?

— Oui, bien sûr.

Elle venait de m'expliquer que Modifié tenait son nom du programme qu'il suivait au lycée. Un jour, un élève avait entendu un prof dire à son sujet qu'il était « modifié » et c'était devenu son surnom. Passionnant.

— Ça fait longtemps que tu es avec Daniel ?

— Assez oui, un mois.

J'ai réfléchi à la dernière fois où j'avais pensé qu'un mois était une longue période pour une relation.

— La proviseure l'a convoqué dans son bureau aujourd'hui.

— Pour quelle raison ?

— Je sais pas.

Elle a entortillé son doigt dans l'une de ses boucles.

— Parce que tout le monde croit qu'il est idiot.

J'ai compris qu'elle parlait de Modifié et pas de Daniel.

— Tu ne crois pas que Modifié est attardé ?

— Personne n'utilise plus ce mot. Il est différent. Et je dis pas ça parce que tu pourrais être ma mère.

Je l'ai regardée dans les yeux. J'aurais été curieuse de savoir dans quelles largeurs la gamine me bourrait le mou. Difficile à dire, certainement dans les grandes largeurs. Elle ne s'est pas arrêtée.

— Il a des parents, mais je crois pas qu'ils s'intéressent à lui.

— Toi oui ?

J'aurais aimé qu'elle arrête de tripoter ses cheveux gras.

— J'ai autre chose à faire, mais des fois, quand je le croise, je lui dis un mot. Parfois il me répond. Parfois il me fait écouter sa musique.

On aurait dit que la gamine me parlait sérieusement. Elle et lui, j'aurais tout entendu. Qu'est-ce qu'elle cherchait à me prouver ? Je voulais qu'elle me parle de Daniel et elle s'entêtait à éviter le sujet. On aurait pu faire semblant d'être bonnes copines, je lui aurais appris deux trois trucs sur Daniel et elle m'aurait informée des états d'âme de mon cousin. J'ai pensé qu'elle était soit très conne, soit très intelligente. Je n'avais pas encore pris ma décision mais comme elle était sur le point de venir à bout de ma patience avec ses histoires sur Modifié, j'ai décidé d'utiliser les grands moyens. Je lui ai demandé comment elle avait rencontré Daniel ; tout le monde adore raconter ce genre d'histoire et Cassy ne faisait pas exception. Elle a hésité avant de finalement se lancer. Elle me parlait d'abord d'un match de football, des coachs, cheerleaders, journalistes de l'école, groupies et parents ; tout un décor dont je connaissais l'envers. À l'entendre, elle n'appartenait à aucun de ces groupes. Ce jour-là, Daniel avait fait gagner son équipe et s'était vu porter en triomphe sous les cris de la foule. Cassy n'y était pas retournée, elle avait ensuite préféré aller le voir jouer au soccer, « une toute autre histoire », me confiait-elle. Les parents y déposaient leurs gamins puis les récupéraient deux heures plus tard. Entre-temps, deux coachs assuraient la rotation des joueurs. La trentaine d'adolescents s'y amusaient sans avoir à se préoccuper des regards de la foule. C'est là que Daniel l'avait remarquée. Daniel était le capitaine de l'équipe de football américain et de celle de soccer. Même sans savoir nager, il aurait sans doute aussi été désigné capitaine de l'équipe de natation. Il ne fallait donc pas chercher très loin l'origine du surnom que lui avait donné Barjal : le « Kaiser ». Cassy m'apprenait que Daniel ne savait pas que Kaiser voulait dire empereur mais qu'il aimait bien que le coach l'appelle ainsi. « C'est tout Daniel, disait-elle avec une sorte d'irritation, il fait trop facilement confiance aux gens qui l'entourent. Si un adversaire se retrouve au tapis après avoir tenté de lui envoyer un coup de coude, il lui tend la main pour l'aider à se relever. » Daniel faisait confiance pour la simple et bonne raison que jamais personne n'avait encore réussi à le faire vaciller. Pour ce qui est de Cassy, qui l'avait aidé à repêcher Barjal dans la piscine, à mes yeux, c'était une autre histoire. En l'écoutant, j'avais compris deux choses ; d'abord qu'elle avait oublié d'être conne, ensuite qu'elle voyait Daniel comme un colosse à la fois sensible et fragile.

Quand je suis arrivée chez moi sur les coups de sept heures du soir, le dermato sortait sa poubelle. J'ai regardé dans sa direction tandis qu'il la faisait rouler. Le jour de notre emménagement, il m'avait demandé mon nom de famille. C'était il y a un peu plus de trois ans. Je l'avais trouvé sexy, plus jeune que moi, solide gaillard. Nous étions dans nos allées respectives, je portais un vieux jean et des baskets trouées. J'avais dit, « Erwin ». Il avait repris, « Erwin, comme la famille Erwin, l'empire ? ». J'avais souri en attendant qu'il ajoute quelque chose mais il n'avait rien dit. J'avais cessé de sourire et répondu, « Oui ». Il était resté pensif un instant, puis il m'avait regardée et avait fini par s'esclaffer, « Incroyable, avec la même orthographe ? ». Avec la même orthographe ! Pour lui aussi, il était donc inimaginable que je sois une Erwin, une Erwin de « l'empire ». J'avais définitivement cessé de sourire et j'avais répété, « Comme la famille Erwin, avec la même orthographe ». Je n'avais pas eu d'autre conversation avec lui depuis ce jour.

En poussant la porte, j'ai trouvé Modifié sur la planche à clous qu'on s'accordait à appeler le canapé. Allan était dans la cuisine en compagnie de Paula qu'on s'accordait, entre nous, à appeler la peintre. Allan avait sa main sur l'avant-bras de Paula, ils riaient et n'avaient pas entendu la porte d'entrée s'ouvrir. Mon mal de tête a redoublé. En me voyant, Allan a retiré sa main et s'est levé de son tabouret pour venir m'accueillir.

— On t'attendait ! J'ai appelé Paula pour lui demander de nous donner un coup de main.

Paula a dit bonjour et Allan s'est rassis. J'ai ouvert le frigo. Allan a tourné sa tête à plusieurs reprises en direction du salon.

— À midi, Allan a murmuré, quand je suis rentré manger, je l'ai trouvé à la porte.

— L'est pas sourd le gamin, l'est lent, j'ai dit.

Je me suis accoudée à l'îlot central pour décapsuler ma bière et j'ai ouvert le journal. Allan aimait l'acheter même si je ne l'avais jamais vu le lire. Je crois qu'il aimait le promener, pour se donner de la contenance.

— Tu te souviens que Paula a travaillé avec des enfants comme lui ?

— Le gamin, c'est un mutique, elle a dit.

Le *Telegraph* revenait sur le cambriolage de la bijouterie qui avait eu lieu le même jour que le meurtre de Barjal. Je me suis adressée à elle sans lever mes yeux de l'article.

— T'étais pas peintre la dernière fois que je t'ai vue ?

Allan s'est senti obligé de répondre pour elle. Il était tout excité.

— Justement, justement.

J'ai continué ma lecture. Le journaliste rappelait que le port de Saint-Georges accueillait les plus gros paquebots du monde et que la plupart venaient des États-Unis. Il indiquait aussi que deux adolescents voyageant à bord de l'un d'eux avec leurs parents avaient été arrêtés dans les eaux internationales. Les enquêteurs les soupçonnaient d'avoir braqué la bijouterie.

— J'ai travaillé avec des dizaines d'entre eux, faut y aller mollo.

— Mollo ? Oh moi chérie, j'y vais mollo avec le gamin. Tu sais ce que je fais ?

Ils ont attendu que je finisse ma phrase. J'ai tourné une page du journal en la rabattant soigneusement.

— Je me mêle pas des affaires du petit. Et vous savez quoi ? Vous devriez en faire autant.

— C'est un mutique Martha, même quand il parle, ce n'est pas de la vraie communication.

J'ai remarqué qu'Allan avait pris son petit carnet avec lui, il y prenait des notes. Il l'appelait son carnet d'écriture. Ce n'était pas la première fois que je le voyais.

— Et de quel droit ? De quel putain de droit vous voulez faire parler Modifié ?

— D'abord, il faudrait arrêter de l'appeler comme ça.

Elle avait dit ça d'une voix calme. Je l'ai regardée tout en buvant une gorgée et je lui ai demandé de m'expliquer comment elle allait s'y prendre. Elle s'est adressée à Allan sans me quitter des yeux.

— Allan, va me chercher du papier et des crayons de couleur, s'il te plaît.

— Oh mais, je ne crois pas que nous ayons des crayons de couleur.

Le ton péremptoire de Paula me disait qu'il y avait peut-être là matière à se marrer un peu. Mon mal de tête se dissipait légèrement.

— Si Allan, va dans mon bureau, j'ai dit, tu vas y trouver des crayons. Premier tiroir de droite.

Allan s'est levé, on a entendu ses pas dans l'escalier, ses chiens le suivaient. Tagalagala. Tagalagala. Je me suis installée en face de Paula sur un tabouret. On s'est souri comme deux inconnues assises face à face dans la salle d'attente d'un proctologue.

— C'est une technique qui vient des pays nordiques, ils sont très en avance sur nous. Ces types sont *bananas*.

Elle avait appuyé sur le « s ». J'ai senti qu'elle allait balancer une connerie, une de plus, j'ai donc ménagé un silence pour l'inviter à parler.

— Le dessin est une parole muette, un accouchement.

J'avais visé juste. Sa bouche était une machine à recycler ses propres conneries. Paula était une mine. J'ai remis une pièce dans la fente.

— Un accouchement, j'ai dit, c'est très intéressant.

— L'art n'est rien d'autre qu'un autre soi.

C'était mon jour de chance, à ce rythme-là, elle était partie pour en débiter des kilomètres. Je secouais lentement ma tête de haut en bas pour huiler le mécanisme. Je sentais que j'allais m'en payer une bonne tranche et mon mal de tête commençait à disparaître quand Allan a tout gâché en surgissant avec les crayons de couleur.

— Et voilà ! il a dit. J'espère que tu sais ce que tu fais.

Paula se saisissait déjà du papier et des crayons. Elle a délicatement fermé ses yeux pour expliquer à Allan que dans moins d'un quart d'heure, on saurait où le gamin habitait et s'il y était heureux. Son assurance remplissait mon cœur de joie. Ça promettait d'être plus intéressant que mon histoire de cambriolage. De la table de la cuisine, je l'ai discrètement observée s'installer à la table de la salle à manger.

Cinq minutes plus tard, Modifié était assis à côté de Paula, les feuilles blanches devant lui, les crayons à sa droite. Il était gaucher ; tout marchait décidément au poil. J'avais ouvert une seconde bière. Le *Telegraph* expliquait que le paquebot avait quitté le port avant qu'ils aient pu identifier les adolescents mais des caméras de surveillance de la ville avaient enregistré leur fuite. Les deux suspects avaient traversé Saint-Georges High avant de rejoindre le bateau. Les enquêteurs avaient d'abord cru qu'il s'agissait d'élèves du lycée et avaient tardé à comprendre qu'ils étaient des touristes.

Allan était debout dans l'entrée, absorbé par le spectacle. De la cuisine, je le voyais piétiner. Je ne savais pas ce qui lui manquait pour être heureux. En revanche, je savais désormais qui était Modifié. Il habitait une petite maison au sud de Saint-Georges et avait été adopté à l'âge de sept ans. J'avais retrouvé ses parents biologiques sans trop de difficultés. Modifié était le seul enfant qu'ils avaient abandonné, la mère très jeune et le père absent, il n'avait jamais essayé de les revoir. Ses parents adoptifs, eux, étaient des retraités, un couple « adorable » aux dires du voisinage. Ils laissaient leur fils de quinze ans libre d'aller et venir à son gré. Le père était fan de hockey, la mère tricotait des chaussettes pour la famille et les amis. C'est le père qui avait poussé Modifié à aller bosser avec le chronométreur hors d'âge de la patinoire. Allan s'est mis à faire de grands signes.

— Viens voir, viens voir, le gamin dessine !

— J'ouvre une bouteille de champagne ?

J'ai fait mine de faire sauter un bouchon. Personne ne me regardait. Paula s'était levée et avait rejoint Allan à l'entrée du salon, elle rayonnait. Elle a posé sa main sur l'épaule d'Allan et déclaré :

— Il suffisait de le laisser s'exprimer.

— Je me demande ce qu'il a pu subir, il a dit.

— On va bientôt le savoir. C'est maintenant que le plus dur commence. Il faut à présent interpréter les dessins, poser les bonnes questions. Tu vas voir.

Allan a regardé la main de Paula sur son épaule, elle a repris :

— Et si le premier dessin n'est pas convaincant, il en fera un second.

Je suis allée me placer derrière eux. C'est vrai que c'était un beau spectacle, ce gamin qui dessinait. Paula avait peut-être raison, peut-être qu'il avait besoin de s'exprimer et que les mots n'étaient pas son fort. Peut-être que j'aurais dû, moi aussi, me mettre au dessin. Ça aurait pu faire passer mes maux de tête. Paula nous a laissés pour s'approcher de Modifié. Il venait de poser un de ses crayons à sa gauche et regardait sa feuille en penchant la tête. Paula a regardé par-dessus l'épaule du gamin. Modifié était plutôt doué, il n'y avait aucun doute là-dessus. Son dessin était limpide, rudement parlant même, vraiment convaincant. J'avais toujours entendu dire que les mains étaient, avec les pieds et les yeux, les parties du corps les plus difficiles à reproduire. Après une hésitation, Paula a levé le dessin dans notre direction. Allan et moi contemplions le chef-d'œuvre : une main dont le majeur était fièrement dressé vers nous. Un magnifique majeur qui semblait nous dire, « Fourrez-vous ça où j'pense ». Je n'ai pas pu m'empêcher de rire. Allan m'a mis un coup de coude puis a rangé son carnet d'écriture dans la poche arrière de son pantalon. Le doigt d'honneur de Modifié n'était visiblement pas digne de figurer à son panthéon.

— Pourquoi tu as dessiné ça ?

La voix de Paula était mielleuse à souhait.

— Ma mère dit que mes grattes sont beaux. Moi je crois pas.

— Les grattes, les chasse-neige, a traduit Allan.

— Et qu'est-ce que tu aurais aimé dessiner à part une « gratte » ?

Modifié a pris son dessin dans sa main et l'a tendu entre elle et lui.

— Tom, il dit que c'est mon meilleur dessin. C'est lui qui m'a appris le doigt.

Ce n'était pas la première fois que j'entendais parler de ce Tom. Le gamin était dans la classe de Modifié et avait à son actif autant de bonnes que de mauvaises histoires. Ce doigt en était l'illustration parfaite. Paula s'est assise, elle n'avait pas encore perdu son calme et sa voix semblait toujours de miel. Elle a tenté de changer de sujet. Elle était à la fois touchante et chiante. Elle était *touchiante*.

— Qu'est-ce que tu aimes faire avec ton père ?

— Le bonhomme de neige, Mam' Keirstead elle dit c'est mon meilleur dessin. J'ai un dix-huit sur vingt avec le bonhomme. Elle a pas aimé le doigt.

— Tu veux dessiner le bonhomme maintenant ?

— Non, le doigt c'est bien pour toi.

Paula l'a regardé. J'ai senti qu'elle vacillait.

— Tu sais ce que ça veut dire, le doigt ?

— M'man veut pas que je parle aux étrangers.

Paula a souri, pas à lui. Elle a souri, simplement. Je crois qu'elle était à court de miel.

— Tu es déjà montée dans une gratte ? il a demandé.

C'est là qu'elle a raté le coche, elle a répondu non en regardant ailleurs, un silence a suivi.

Allan n'était pas encore fâché. Paula nous a regardés, puis Modifié a repris :

— Tu sais, si tu veux savoir où ma maison est, tu peux me demander.

Paula s'est brusquement retournée. Elle a formulé sa question comme elle aurait apporté la touche finale à une boule de pain qu'elle pétrissait depuis des heures. Malheureusement, elle n'avait pas compris que sa chance était passée.

— Et où est ta maison ?

— M'man, elle dit qu'il faut pas donner mon adresse aux étrangers.

Paula a posé sa main droite sur le dossier de la chaise du gamin.

— Tu aimes jouer avec les gens hein ?

Elle s'est arrêtée, elle perdait pied, son visage était tout tordu.

— Pourquoi tu es chez nous ? a demandé Modifié.

Paula paraissait penser que la situation lui échappait. C'était pourtant une réussite. Jamais je n'avais entendu le gosse prononcer autant de mots. Elle avait dû imaginer qu'il lui dirait autre chose, les attentes sont les pires saloperies.

— Chez vous ? Chez vous, elle est bien bonne celle-là. Moi au moins, je suis invitée ici.

— Je t'ai pas invitée.

Modifié avait prononcé ces mots avec toute la candeur du monde.

— Et tu crois que t'es chez toi peut-être ?

Allan a fait un pas. J'ai oublié de préciser que Paula souffrait du syndrome de l'imposteur.

Je ne sais pas si c'est un syndrome mais pour Paula c'en était un. Leurs voix se sont croisées.

— T'es pas le bienvenu ici !

— Je suis Modifié. Je suis invité partout.

— T'es pas Modifié. Tu es un garçon normal.

— Tu me traites pas de normal. Et tu sens vraiment fort.

La main est partie toute seule. Paula s'est levée d'un bond et a giflé Modifié. Le temps qu'Allan intervienne pour les séparer, Modifié avait déjà attrapé les deux bras de l'ex d'Allison. Le visage de la peintre s'est déformé sous l'effet de la douleur. Le gamin la tenait en disant :

— J'ai fait un tour de gratte avec Allan, et Martha, c'est mon amie, comme Cassy. Suis ici chez moi.

Puis il l'a lâchée avant d'aller se rasseoir à la table. Paula était littéralement sur le cul, elle avait basculé en arrière quand il l'avait libérée. Allan a relevé Paula dont les yeux étaient exorbités. De mon côté, mon mal de tête avait disparu et un bien-être extraordinaire m'envahissait. J'aurais voulu embrasser tout le monde, y compris Paula. Surtout Paula. Elle a un peu gâché la fête en se sentant obligée de beugler :

— J'en ai vu des débiles, mais celui-là, celui-là, faut le piquer, l'euthanasier !

Je ne lui en voulais pas, jamais facile d'endosser le mauvais rôle. Au lieu de l'embrasser, je l'ai suivie alors qu'elle passait à côté de moi, soutenue par Allan.

— Eh bien Paula ? j'ai dit, je croyais que c'était un garçon normal ? Et puis la gifle ! Un peu *old school* comme méthode non ?

Allan secouait la tête. Je crois qu'il aurait préféré que je me taise mais je ne résistais pas, c'était trop bon.

— La gifle, j'ai dit en les laissant s'éloigner, plutôt *patatas* que *bananas* non ? Ça aussi ça vient des pays nordiques ?

Allan m'a dit de la fermer, que tout était ma faute ou quelque chose comme ça, puis ils se sont enfermés dans la cuisine.

Toujours assis à la table de la salle à manger, Modifié avait remis son casque sur ses oreilles et faisait de petits mouvements d'avant en arrière. Je me suis assise à ses côtés, il tremblait. J'avais pris une feuille de papier et un crayon sur la table. Ses va-et-vient ont fini par ralentir. Quand ils n'ont plus été qu'une sorte de doux tic-tac, j'ai posé ma main gauche sur sa cuisse et écrit de l'autre main, « Tu crois que ta mère est en train de tricoter des chaussettes ? ». J'ai placé la feuille devant lui, il a regardé mon message, puis moi. Ses yeux se sont plissés, comme s'il retenait des larmes. J'ai penché la tête vers lui pour vérifier. Il retenait bien des larmes. « Je te ramène chez toi ? », j'ai écrit. Il a lu le mot et s'est tourné pour m'observer. Il avait complètement cessé de se balancer, ses traits se sont détendus. Je ne voulais pas qu'il se fasse de fausses idées sur moi, mais je ne me sentais pas de le laisser comme ça. Je me suis levée et me suis lentement éloignée. Une fois à la porte, j'ai entendu sa chaise grincer et sa voix me supplier, « Attends-moi ».

6

J'avais laissé mon numéro de téléphone à Cassy, sans grand espoir. À ma surprise, elle m'a appelée pour me dire que la police avait également interrogé Modifié. Je commençais à me demander si l'apparition du gamin dans nos vies avait quelque chose à voir avec la mort de Barjal. J'en ai profité pour inviter Cassy à déjeuner en compagnie de Daniel. Mon cousin a accepté, à condition de pouvoir choisir l'endroit. J'avais avancé dans mon enquête depuis notre dernière rencontre et j'étais maintenant à peu près sûre qu'il n'avait rien à voir avec la mort de son coach de soccer. Malheureusement, mon employeur n'attendait pas de moi que j'aie une intime conviction, il voulait un coupable et pour le moment, je n'étais pas en mesure de lui donner ce qu'il attendait. Si j'échouais, je devrais rendre mon avance et je n'étais pas au mieux financièrement. Après l'incident entre Modifié et Paula, Allan était revenu avec un matelas. Il l'avait posé dans la chambre qui me servait de dressing et avait emballé certaines de mes affaires dans un carton pour libérer de la place pour sa fille. Il n'avait toutefois pas fini de vider l'espace ; peut-être qu'il avait eu des remords, peut-être qu'il n'avait pas eu le temps de terminer. Sur le mur, au-dessus du matelas, il avait accroché une photo d'Allison, enfant, et de lui. Elle y tenait un ballon gonflé à l'hélium en forme de tête de canard, l'air ravi.

Les murs du restaurant choisi par Daniel étaient en briques, un long bar encombré de plats brillants le traversait, les tables étaient asymétriques et les lustres ressemblaient à des cerfs-volants. J'avais hérité du plus petit côté de la table.

— Ça ne me dit pas pourquoi il t'appelait Kaiser.

On avait passé en revue tous les sujets sans importance. Daniel avait fini son hamburger revisité, un hamburger classique, mêmes ingrédients, à la différence près que le cuistot ne s'emmerdait pas à assembler les pièces du puzzle. Après une hésitation, il m'a répondu :

— Tu lâcheras pas le morceau !

Puis en changeant de ton :

— Quelqu'un veut un dessert ?

Cassy s'est tournée vers lui. Elle aussi avait remarqué qu'il était nerveux. J'avais un sixième sens pour ça mais il me faisait souvent défaut et je m'en méfiais. On a pris les cartes qu'un serveur nous tendait alors que Daniel revenait à ma question, certainement pour nous prouver qu'il n'avait pas honte de sa relation avec Barjal.

— Qu'est-ce que ça peut te faire qu'il m'appelle Kaiser ? Dis-moi plutôt, t'as déjà sorti un cadavre de l'eau ?

Il connaissait la réponse. J'ai quand même fait un signe de la tête. C'est ce qu'il voulait. Il a posé sa main sur celle de Cassy en même temps qu'il parcourait la carte des desserts.

— Et la femme de l'entretien, elle était avec vous ?

— Elle était avec moi, elle n'a pas pu m'aider. C'est pour ça que je suis allé chercher Cassy, on devait se retrouver, je savais qu'elle n'était pas loin.

— Cette conversation fait trop adulte.

La remarque de Cassy a fait pouffer Daniel. Qu'est-ce qu'on peut être con quand on est amoureux.

— Les gens qui nettoient les écoles, elle a ajouté, on croit qu'ils savent faire des choses comme ça.

— Des choses comme sortir un cadavre de l'eau ? j'ai demandé circonspecte.

— Ouais.

— Tu veux dire que, dans leur formation, ils ont un module spécial qui s'appelle *Comment repêcher un cadavre en milieu scolaire* ?

— Non, bien sûr, mais j'ai toujours pensé qu'ils engageaient que des sociopathes pour l'entretien des écoles, pas vous ? T'as jamais remarqué, la façon qu'ils ont de vous regarder ?

Je n'ai pas eu le temps de m'arrêter sur le profil psychologique qu'elle dressait des techniciens de surface qu'elle poursuivait déjà son récit. Elle me racontait que ce jour-là, elle avait acheté un muffin mais qu'elle l'avait fait tomber dans la piscine en voyant le corps de Barjal flotter en son centre. Le muffin était pour Daniel, a-t-elle dit avant de se mettre à inventorier les meilleurs types de muffins, les endroits où il fallait les acheter, les prix conseillés, les ingrédients et tout le tintouin. J'ai écouté patiemment, jusqu'à ce qu'elle revienne au sujet et réponde à ma question : comment ils avaient sorti Barjal de l'eau. C'était comme d'écouter ma grand-mère à la fin de sa vie, à la fois distrayant et embarrassant. Cassy a dit que son corps était froid, très froid et qu'elle avait eu froid elle aussi. Daniel a précisé qu'il avait failli tomber à l'eau. Ils se sont regardés, j'ai cru qu'ils allaient rire. Qu'est-ce qu'on peut être con à cet âge-là ! J'avais jamais vu ça, à ce point je veux dire. Ils ont finalement arrêté de sourire et elle a expliqué que, pendant qu'ils sortaient Barjal de l'eau, elle n'avait pas arrêté de demander à Daniel qui était le type mort et qu'il n'avait cessé de lui répondre qu'elle le connaissait. Cassy a ensuite regardé Daniel.

— On devrait lui dire, elle a dit.

Daniel a secoué la tête de droite à gauche. Elle a insisté :

— C'est la famille.

C'est à moi qu'elle faisait référence. Visiblement, elle ne savait pas de quoi elle parlait.

— Non, Martha n'est pas de la famille. Elle déteste mon père.

Son père était à la tête des deux plus grosses branches du groupe. Il possédait la filiale bois, la compagnie pétrolière et une armoire de salle de bains bourrée de somnifères.

— Déteste, c'est un peu exagéré, j'ai dit.

— Tu l'as traité de gros con pendant un dîner de famille, tu te souviens ? Et après, t'as gueulé que tu souhaitais « le voir crever étouffé dans son fric ».

— Présenté comme ça évidemment.

— Tu l'as dit ou pas ?

— En substance, j'imagine.

J'ai poussé quelque chose dans mon assiette avec mon couteau. Son père n'avait qu'une dizaine d'années de plus que moi, c'était mon rôle de jouer le poil à gratter, non ?

— Et ma mère, ma mère…

La situation se compliquait. Je ne tenais pas à savoir ce que j'avais dit de sa mère. Cassy semblait, elle, particulièrement intéressée.

— Quoi ta mère ?

La mère de Daniel était une sainte. C'est du moins comme ça qu'elle se voyait. Ayant moi-même quelques difficultés à me fixer professionnellement, je développais habituellement une affection naturelle pour les vocations contrariées. J'avais fait une exception avec la mère de Daniel. La vieille était une indécrottable grenouille de bénitier mais pas une sainte pour un sou et j'étais convaincue que Daniel aurait été plus heureux sans elle. Il ne partageait pas mon avis.

— Demande-lui si tu veux.

Sur ces paroles, Daniel s'est levé et nous a quittées. Il me rappelait de plus en plus son père. Il aimait avoir le dernier mot et faire des sorties théâtrales. Je me suis préparée à la question de Cassy. À bien y réfléchir, je préférais parler de la mère de Daniel plutôt que de la vocation des techniciens de surface pour la mort ou encore des recettes de muffins.

— Je crois que je devrais me maquiller quand Daniel me sort au restaurant.

C'est ce qu'elle a dit. Je ne blague pas.

— Te sort ?

— En même temps, c'est juste un déjeuner.

Je commençais à regretter les muffins quand Cassy s'est subitement illuminée et a approché son visage du mien pour me demander :

— Alors, vous voulez savoir ?

— Si je veux savoir quoi ?

— Pour Barjal.

Peut-être qu'Allison avait raison de penser que j'étais lente. Le visage de Cassy s'est encore éclairé, Daniel venait de réapparaître derrière la vitre du restaurant. Il nous a fait un signe avant de partir et Cassy s'est à nouveau rapprochée de mon visage. J'ai pensé qu'elle avait dû voir ça dans un film.

— Vous voulez savoir quand on l'a sorti de l'eau ? Vous allez adorer. Vous devinerez jamais. Il était, comment dire… Il était nu !

Elle a fait glisser sa main sur la nappe ; la nappe devait probablement symboliser le cul de Barjal.

— Complètement nu, elle a délicatement dit en ralentissant le mouvement.

Non contente de sa formule qui avait pourtant le mérite d'être claire, elle s'est reculée et a balayé son corps entier de ses mains pour bien me montrer. Pouvait-elle en faire plus ? Je me suis demandé si elle allait se mettre à poil dans le restaurant pour être sûre que je comprenne. Comme je ne tenais pas à finir au poste de police, j'ai acquiescé. J'étais assez satisfaite, l'information qu'elle venait si bien de mimer n'avait pas encore été dénichée par la taupe que j'avais dans les bureaux de la police de Saint-Georges. Cassy aussi, elle était même fière. De quoi ? Je ne savais pas. Puis son visage s'est assombri d'un coup :

— Pourquoi vous croyez qu'il était nu ?

— Qu'est-ce que Daniel en pense ? j'ai demandé.

— Que c'est pas nos oignons.

— Je crois qu'il a raison.

Barjal ; un prof ; à poil dans la piscine de son école ; pendant l'heure du déjeuner. Les Français ont des mœurs particulières, ça ne se discute pas, mais de là à prendre la piscine de l'école pour le bassin d'un camp naturiste… Quelque chose ne collait pas.

— Je revois souvent l'image.

— L'image de son sexe ?

Cassy a froncé les sourcils, avant de se détendre à nouveau.

— Non, pas Barjal, le muffin. Il flottait comme ça, à côté de lui.

Je ne sais pas si elle se foutait de ma gueule ou si elle se foutait de ma gueule. Elle ne m'a pas laissé le temps de me faire une idée.

— C'est quoi cette histoire avec la mère de Daniel ? Et pourquoi Daniel vous aime pas ?

J'ai décidé de choisir la question la moins embarrassante. Le choix était difficile.

Le lendemain, j'ai reçu un message de Daniel : « Paul est un poisson rouge. » Je n'ai pas tout de suite compris qu'il parlait de l'énigme. J'ai répondu : « Un poisson avec une combinaison de plongée ? » Daniel : « Ça pourrait se passer dans un aquarium. » Moi : « Paul est un être humain. » Puis j'ai ajouté : « Pas d'Internet, tu te rappelles, c'est la règle. » Lui : « Pas d'Internet, à l'ancienne. » Dans la soirée, il m'a encore écrit : « T'es sûre que c'est pas dans un aquarium, genre un gros aquarium ? » Moi : « Avec une forêt ? Dans un aquarium ? » Lui : « Une forêt en plastique. Une petite forêt. » J'ai répondu « Non » et j'ai éteint mon téléphone.

J'avais eu l'occasion d'enquêter sur de très nombreuses affaires d'adultère. J.C. Erwin ne voulait pas simplement savoir avec qui ses architectes ou ses sous-directeurs couchaient, il voulait savoir avec qui couchaient tous ses employés. La filature amoureuse était ainsi devenue l'une de mes spécialités. J.C. m'avait dit un jour, lors d'une réunion de famille, « Les affaires de cœur sont les pires, comme la gangrène, c'est là qu'il faut chercher en premier, pour couper net ». Aussi, quand j'ai lu le nom de Mme Hazard dans le rapport de police, j'ai d'abord pensé que Barjal et sa collègue de travail entretenaient une relation extraconjugale. Un des profs m'a ensuite confié que l'enseignante n'en était pas à son coup d'essai et, d'expérience, je savais que l'adultère était une activité d'initiés. Le prof m'a aussi assuré que Mme Hazard n'avait jamais réussi à épingler Barjal à son tableau de chasse mais il a précisé que ce n'était pas faute d'avoir essayé. J'ai donc enquêté sur les autres enseignantes. Aucune n'a semblé constituer une piste intéressante. Évidemment, si Barjal n'avait pas été retrouvé nu, je ne me serais peut-être pas autant attardée sur ces questions. « Mais bon Dieu, comme disait J.C., c'est toujours par là qu'il faut commencer. » J'ai donc continué de fouiller la piste Hazard.

Tous les mercredis midi, pendant le déjeuner, Mme Hazard s'occupait d'un atelier d'écriture. Elle s'y pointait généralement en retard, avec un café dans la main, dissimulée derrière ses lunettes de soleil. Mme Hazard n'était pas particulièrement sensible à la lumière, ni célèbre au point de devoir avancer masquée, elle était simplement attachée au personnage qu'elle s'était construit et qu'elle ne pouvait se résoudre à quitter. Elle avait publié un roman dix ans auparavant ; neuf ans qu'il n'était plus disponible à la vente et neuf ans qu'elle cherchait désespérément un sujet. Son année sabbatique achevée, elle avait repris la direction de Saint-Georges High, d'abord en se persuadant qu'elle le faisait pour aider le lycée, puis en estimant qu'elle trouverait là la matière pour son second roman. Mme Hazard ne parlait pas de son travail comme d'une grande œuvre, ce n'était pas son personnage. Elle ne feignait pas non plus d'être modeste, tout comme elle ne dissimulait pas son mépris pour sa position d'enseignante.

Dans son atelier d'écriture par exemple, elle ne faisait jamais référence à son livre et, si on l'interrogeait à ce sujet, elle répondait de la plus simple des manières, comme elle aurait donné le lieu de naissance de ses parents. Pour autant, elle n'acceptait pas d'être traitée comme une simple prof et quand on lui demandait si elle savait des choses sur ses collègues, elle utilisait une tournure pleine d'ironie, « Je fais de mon mieux pour en savoir le moins possible ». Je tenais la majorité de mes informations de Cassy, elle participait à son atelier d'écriture et avait lu son roman, une histoire de meurtre qu'elle avait jugée bonne. Elle n'appréciait pas l'enseignante mais ne manquait jamais un de ses ateliers. Elle non plus n'était pas à une contradiction près.

Mon enquête piétinait et j'avais bien peur de savoir pourquoi Modifié était convoqué le lendemain au poste de police. Je décidais de repasser par la maison pour me replonger dans mes notes. Toutes les pistes semblaient mener à des impasses et je commençais à me demander si Barjal n'avait pas été tué dans le seul but de faire tomber Daniel et de déstabiliser le groupe Erwin. Daniel était-il, comme le suggérait Cassy, un colosse aux pieds d'argile, le point faible de la famille Erwin ? Et si oui, quel rôle est-ce que la gamine jouait dans toute cette histoire ?

En passant le seuil, j'ai senti une odeur de brûlé dans la cuisine. Allan était avachi sur la table, une bouteille d'eau dans les mains. Ses chiens étaient couchés à ses pieds. J'ai retiré la casserole du feu, il a voulu se lever pour s'occuper de son repas mais j'ai posé ma main sur son épaule. Je me suis servi un Martini avec beaucoup de glace et j'ai essayé de rattraper son curry en tournant la cuillère en bois pour racler le fond de la casserole. Puis je lui ai demandé ce qu'il avait.

— C'est un secret.

— Allison ? C'est pour ça que tu es rentré plus tôt du boulot ?

Elle avait son lit chez nous depuis quatre jours.

— Bon sang Martha.

Allan n'arrêtait pas de porter la bouteille d'eau à sa bouche.

— Je te sers un Martini ?

Il a dit non de la tête. J'ai attrapé les glaçons, les ai fait tomber dans un verre, puis l'alcool dessus. Je lui ai tendu le verre, il l'a pris sans me regarder et en a bu une longue rasade. Il a un peu toussé. L'alcool ne lui allait décidément pas. Les chiens ont levé les oreilles, j'ai encore tourné le curry et je l'ai servi dans deux grandes assiettes que j'ai fait glisser sur la table.

— Avec qui est-ce qu'Allison a encore couché ?

— Martha, recommence pas.

— Avec qui ?

Allan regardait son verre vide en faisant tourner les glaçons ; ils tournaient de plus en plus vite. Je me suis soudain souvenue d'une attraction que j'affectionnais à la fête foraine : le mur de la mort. Chaque été on s'y précipitait avec mon père. D'une coursive qui surplombait un cylindre de bois, on observait des motos rouler à l'horizontale sur les planches ; elles vibraient et c'est tout l'édifice qui menaçait de s'effondrer. J'adorais le spectacle ainsi que la sensation de ma main prise dans celle de mon père. Allan a fini par laisser retomber les glaçons et sa garde :

— Avec Paula, Allison a recouché avec Paula.

— C'est bien non ?

Il allait me répondre mais la sonnette de la porte d'entrée a résonné. Les chiens ont aboyé, c'était Modifié. Sa présence ne m'étonnait même plus. Il est entré, nous a rejoints, m'a tendu une lettre puis est allé s'asseoir sur le banc de l'entrée. Il n'y avait pas de nom sur la lettre, je l'ai tendue à Allan.

— C'est pour toi.

— *Chère Martha.*

Allan a arrêté de lire. Je lui ai fait signe de continuer.

— *Chère Martha, notre fils doit se présenter demain aux services de police. Nous avons d'abord contacté un avocat mais il a insisté pour que vous le représentiez.*

Allan m'a regardée.

— C'est tout ? Rien d'autre ?

Il a repris sa lecture.

— *Nous ne vous connaissons pas, mais nous avons confiance dans son jugement.*

— Hors de question.

— *Par avance merci.*

Il a posé la lettre.

— C'est cette histoire de meurtre à son école. Tous les élèves qui connaissaient Barjal sont interrogés.

— Vois-le comme une chance, tu vas pouvoir t'acheter un nouveau tailleur, Madame l'avocate.

— Avocate, moi ? Pourquoi pas montreuse d'ours tant qu'on y est.

Il a recommencé à faire rouler les motos dans son verre et m'a parlé comme à une enfant.

— Réfléchis Martha, c'est l'occasion de mettre à profit tes études de droit.

Il a regardé les motos se stabiliser au fond du verre.

— Tu seras très bien, j'en suis sûr.

— C'est pas la question. Je m'en fous, moi, j'ai dit en me mettant à chuchoter, qu'est-ce que j'ai à voir avec ce gamin ?

Il a levé les yeux au plafond. Je me suis énervée.

— Qu'est-ce que ça veut dire ? C'est quoi ce regard ?

— Martha, calme-toi. Un tailleur bleu. Je peux t'accompagner pour t'aider à le choisir ?

7

— Je pourrais vous dire que le gamin est débile.

L'inspecteur plissait les yeux. On aurait dit que je venais de lui lire son horoscope pour lui annoncer une grosse entrée d'argent. Il se nommait Arseneault, je m'étais procuré ses notes quelques jours plus tôt, rédigées dans un carnet à spirale. Il y avait écrit en lettres capitales : « Envisager la pure coïncidence ». Arseneault aimait les statistiques. Ma taupe m'avait informée du nom que les policiers donnaient à l'affaire en interne, « The French Case », puis il m'avait raconté comment l'enquête avait été confiée à Arseneault. Les crimes étaient rares à Saint-Georges. Aussi, le jour du meurtre de Barjal, le directeur de la police avait réuni tous les enquêteurs dans la grande salle pour inventorier les pistes. En premier sur la liste, venait le fait que Barjal était mort dans la même rue qu'un homme d'affaires assassiné deux ans plus tôt. Un policier avait demandé, « Quelles sont les chances que ça arrive, la même rue bordel ? À Saint-Georges ! ». Connaissant son goût pour les statistiques, tous les enquêteurs s'étaient tournés vers Arseneault ; le directeur avait simplement répondu, « Pourquoi pas ». Arseneault savait par exemple qu'il y avait, selon les statistiques, sept chances sur dix pour que Barjal ait été tué par sa femme. C'est ainsi que les hommes mouraient de morts violentes dans la région, tués par leur femme, sept fois sur dix. Or, au moment du meurtre, la femme de Barjal était en compagnie d'une dizaine de personnes à quarante kilomètres du lieu du crime. Heureusement, Arseneault connaissait de nombreuses autres statistiques. Depuis qu'il était entré dans la police, l'inspecteur récoltait toutes les données qui lui tombaient sous la main. On peut dire qu'il était un genre de maniaque.

— Mais si le gamin est là, j'ai dit, c'est pas parce qu'il est débile.

Il a noté quelque chose dans son carnet. Il avait arrêté de me regarder comme si j'étais sa voyante.

— S'il est là, j'ai poursuivi, c'est parce que vous n'avez rien trouvé.

— Et cette histoire d'altercation entre Barjal et… et votre client ?

— Vous pouvez l'appeler Modifié, il préfère.

Au sein de la division des enquêtes criminelles, Arseneault était surnommé « la totale » parce qu'au lieu d'épeler son nom, il disait toujours, « Mettez-y la totale ». Le nom Arseneault était très répandu dans la région, notamment dans les milieux francophones, mais son orthographe variait. Parfois le nom ne comportait pas de e, parfois c'était le t ou le l qui était absent, parfois les deux. Toutes orthographes confondues, le nom était porté par plus de quatre pour cent de la population du New Brunswick. Le sien cumulait toutes les difficultés. Arseneault aimait cette particularité.

Il avait interrogé Daniel et Cassy parce qu'ils avaient trouvé et déplacé le corps, ce qui n'était pas très malin. N'importe qui ayant déjà vu une série policière aurait su qu'on ne touche jamais à un corps. Il aurait pu leur apprendre que le fait d'avoir bougé le cadavre de Barjal les avait placés dans une tout autre catégorie statistique. Mais l'expérience lui avait appris que les gens ne réagissaient pas positivement à ce genre de considération. Daniel avait plaidé sa cause en rappelant que Barjal était son coach de soccer, c'était pour ça qu'il l'avait bougé, pour ça et parce que son coach était un type bien. Arseneault n'avait pas vu le rapport. Il avait ensuite interrogé une dizaine d'autres élèves, la femme de l'entretien, quelques enseignants qui connaissaient la victime, les membres de la direction de l'établissement, mais pas encore Mme Hazard. Rien de significatif n'était ressorti de ces entretiens. En face de son bureau, il avait accroché un agrandissement de la photo de Barjal qu'il avait trouvée sur le site de l'école avant qu'elle en soit retirée. Les voisins de la victime, majoritairement des retraités, l'avaient décrit comme une personne affable. L'une d'eux l'avait appelé « Salvador » ; sans doute avait-elle été abusée par l'exotisme du prénom du

Français, qui se prénommait en réalité Sylvain. Parce qu'on l'avait retrouvé nu, Arseneault avait tenté d'en savoir un peu plus sur sa sexualité. Son enquête, comme la mienne, n'avait pas été concluante.

— Monsieur Arseneault, vous n'êtes pas sérieux. Je pourrais vous citer au moins cinq autres profs qui ont eu des problèmes avec le gamin. Ça ne fait pas de lui un criminel.

— Oui, mais seul Barjal lui a retiré son casque de force.

— C'était une erreur, Barjal ne savait pas et le gamin l'a compris.

— Vraiment ? Comment vous le savez ?

Arseneault était peut-être plus malin que ne le laissaient croire ses notes. Il s'était refusé à dresser une liste des suspects potentiels. Les élèves, enseignants et autres membres du personnel composaient déjà, à eux seuls, un petit millier de suspects. À cela, il fallait ajouter les voisins de Barjal qui travaillaient comme lui à Saint-Georges, les Français en voyage dans la région (il en avait obtenu une liste complète et enquêtait aussi dans ce sens), sans oublier les touristes présents sur le bateau de croisière le jour du meurtre, parmi lesquels se trouvaient les deux adolescents braqueurs. Ils avaient été identifiés et placés en détention et Arseneault était allé les interroger. Ils avaient nié tout lien avec le meurtre, Arseneault les avait crus. Malheureusement, la proximité des deux affaires ne lui facilitait pas la tâche. Tous les bijoux avaient été retrouvés, à l'exception d'un diamant, le plus gros, d'une valeur de quarante mille dollars, dérobé lors du braquage. L'école entière avait été passée au peigne fin. Le diamant n'y était pas. Comme les autres enquêteurs, Arseneault avait voulu savoir si les deux adolescents avaient des complices. Sur ce point-là, les suspects étaient restés muets.

J'ai repris ma plaidoirie.

— Vous n'avez rien sur lui.

— Je n'ai jamais dit le contraire. En revanche, je crois qu'il sait quelque chose.

Modifié était allé m'attendre dans le couloir après avoir été interrogé. Arseneault ne connaissait visiblement pas l'autre incident qui avait impliqué Barjal et Modifié et je ne voulais pas en parler avant d'en savoir plus. De surcroît, mon véritable client n'était pas Modifié, mais Daniel. C'était lui que je devais protéger.

L'entretien s'est terminé là-dessus. Modifié n'avait pas à s'en faire, j'étais débarrassée de l'engagement que j'avais pris auprès de sa mère et bientôt de mon tailleur bleu. J'ai ramené Modifié devant chez lui en lui disant de demander à ses parents d'arrêter de faire appel à moi. En arrivant à la maison, une demi-heure plus tard, Allison m'attendait derrière la porte, comme un chien son maître.

— Martha !

Toute la journée j'avais rêvé d'un verre de vin. J'ai fait mine de ne pas l'entendre et je me suis avancée dans la cuisine. Elle s'est postée entre moi et le frigo.

— Bonjour Allison. Tu me laisses me servir un verre s'il te plaît ?

— Non, je dois te parler de Paula.

— Oh merde Allison, non, pas ça, pas ce soir.

Ma belle-fille soulignait systématiquement la première syllabe de mon prénom, puis traînait pour prononcer le reste.

— MARthaaaaa. Martha, ma chère Martha, dis-moi quel plaisir tu as à humilier les gens ?

Tel un soldat fatigué, je me suis repliée. J'ai quitté la cuisine sans mon verre et lui ai crié des escaliers :

— Combien de fois il faudra que je te le dise : tu peux poser ton masque quand tu es avec moi !

Je n'avais monté que quatre ou cinq marches mais je l'entendais déjà piétiner dans le vestibule. Je ne détestais pas m'engueuler avec Allison, j'aimais simplement décider du lieu et de l'heure à laquelle se déroulaient ces réjouissances. L'activité requérait un minimum d'énergie, ma journée avait été longue et j'étais lessivée.

— Ne me parle pas comme si j'étais ta fille ! Je n'ai pas la patience de père. Tu m'entends ?

Je me suis arrêtée pour me retourner.

— Finissons-en *darling*, qu'est-ce que tu veux me dire ? Quoi Paula ?

— Paula est avec moi alors tu ne t'approches plus d'elle.

J'aurais pu répondre bien des choses, au lieu de quoi j'ai pouffé. Le souffle est sorti par mes narines.

— C'est dingue, j'ai dit. C'est dingue d'avoir aussi peu confiance en soi.

Ça couvait depuis trop longtemps entre elle et moi. J'ai repris mon ascension, j'étais presque en haut des marches, j'imaginais son visage déconfit, quand j'ai reçu l'objet dans mon dos. J'ai vacillé, me suis retenue en posant une main sur le mur à ma droite. En me retournant, j'ai vu le livre, à mes pieds. C'était un livre sur les peintres flamands qu'Allan venait d'acheter et qu'il laissait généralement en bas des marches pour pouvoir le lire au salon ou au lit avant de se coucher. En vérité, il s'en servait surtout de support pour écrire la liste des courses. J'ai ramassé le livre, l'ai refermé. Aucun remords ne venait troubler le visage d'Allison.

— Qu'est-ce que tu vas faire, vieille... machine ?

Quand Allison s'énervait, ses airs mondains se cassaient la gueule, comme une fausse moustache qu'on aurait essayé de faire tenir avec du ruban adhésif bon marché. J'adorais ce spectacle. Ce que je n'appréciais pas en revanche, c'était la violence. Est-ce que j'étais violente avec elle moi ? Le livre est parti tout seul. C'était un livre volumineux, avec une belle reliure. Allison s'est couchée sur le côté pour l'éviter, sa tête a cogné le mur et le livre a chuté quelques mètres plus loin. Elle s'est relevée et a posé sa main sur la rampe. Je me suis préparée au combat en posant à mon tour ma main sur la rampe. Elle a gravi les marches deux par deux et lorsqu'elle a été assez près de moi, j'ai envoyé mon pied droit à sa rencontre. J'avais espéré trouver sa tête, je me serais contentée de son ventre ou de son épaule mais il n'en a rien été. La petite salope avait vu le coup arriver et s'était baissée. Mon pied a manqué sa cible et la cible bougeait vite. Elle s'est relevée et s'est jetée sur moi pour m'attraper par la taille. J'ai basculé, le reste s'est passé au sol, au sommet des marches. C'était joli : elle m'a mordue, mes mains étaient prises dans ses bras et je n'ai eu d'autre choix que de lui mettre un coup de tête. Je l'ai un peu loupée et son crâne m'a ouvert l'arcade. Je me passais la main sur le visage quand j'ai entendu Allison hurler.

— Lâche-moi pauvre timbré ! Lâche-moi ! Je vais la tuer !

Allison était dans les bras de Modifié qui la retenait. J'ai essuyé le sang qui coulait dans mon œil. Il l'avait ceinturée par-derrière, ce qui ne l'empêchait pas d'essayer de me donner des coups de pied. Ses pieds ne touchaient pas le sol, je lui ai dit de la lâcher avant de me reprendre :

— Attends, attends…

Je me suis assise. J'ai encore passé ma main sur mon arcade : je pissais le sang.

— Allison ?

— Martha.

— Promets : plus de violence entre nous.

— C'est toi qui as commencé.

— *Darling*.

— Dis à ton gorille de me lâcher !

J'ai fait un signe de tête en direction de Modifié, il l'a reposée au sol. Elle est passée devant moi, m'a vaguement craché au visage, puis la porte de la salle de bains a claqué. Après avoir parlé avec les enquêteurs, j'avais déposé Modifié chez lui, puis fait un détour par le traiteur. Je ne m'étais pas attendue à le voir revenir aussi vite. Un des chiens a grimpé sur mes genoux et a commencé à me lécher le visage, je l'ai poussé. Modifié est monté et s'est planté devant moi. Il me surplombait. J'ai tendu ma main et il l'a prise, m'a relevée comme un yoyo.

— Ne refais jamais ça. Allison est comme ma fille. Toi tu n'es rien ici.

Je me suis éloignée, sachant que Modifié n'allait pas me répondre. Je gardais toujours de quoi me soigner dans une boîte à pharmacie. J'en ai sorti un briquet et l'un de mes joints déjà roulés. Je l'ai allumé avant d'aller m'asseoir à l'avant de la maison, sur les marches du porche. Le pasteur m'a aperçue. J'ai fait un signe dans sa direction, il est rentré chez lui. Je sentais le sang sécher sur ma peau, elle me tirait un peu quand je soufflais la fumée. Je n'entendais plus aucun bruit à l'intérieur de la maison. Très vite, j'ai oublié qui pouvait bien encore y être. Mes paupières sont devenues lourdes, mon corps s'est enveloppé de coton et j'ai appuyé mon dos sur l'un des piliers. J'étais bonne pour aller me coucher.

Quand je me suis réveillée le lendemain, je suis immédiatement allée voir s'il était encore là. Je ne l'ai trouvé dans aucune pièce. La chambre d'Allison était déserte, elle était sans doute partie au travail.

— Nom de Dieu, elle t'a pas loupée, Allan a dit en me voyant rentrer dans la cuisine.

Je suis ressortie de la pièce pour aller me voir dans le miroir de l'entrée. J'avais des bleus sous les yeux et du sang séché sur le front. Allan est passé devant moi, sa sacoche à la main. Il souriait.

— T'as bien écrasé hier soir, une vraie masse. Tu ferais mieux d'aller te laver. Tu ressembles à rien.

Il a ouvert la porte et fait un pas. Il est revenu en arrière.

— Martha.

— Oui.

— Si jamais tu touches encore à un cheveu de ma fille, je te traîne en justice.

— Allan.

— Au fait, ton protégé, Modifié, tu sais ? Tu le trouveras derrière, sur la terrasse.

— Derrière ?

— Tu seras gentille, débarrasse-toi de lui avant de te doucher.

À l'arrière de la maison, on avait fait construire une petite terrasse en bois sur laquelle était disposé un salon de jardin. Modifié était bien là, endormi sur l'une des chaises. La température avait dû descendre sous les cinq degrés pendant la nuit, il n'avait que sa grosse parka en guise de couverture. Le réflexe naturel aurait été de se mettre en boule, Modifié avait ses mains à plat sur ses cuisses. Il faisait face au petit bois. On aurait dit qu'il présidait un conseil. J'ai tapé dans l'un des pieds de la chaise, il n'a pas bougé. Les parents sont constamment soumis au même dilemme, ils veulent à la fois protéger leurs enfants et les exposer au monde, être sûrs qu'ils sont en sécurité, et faire en sorte qu'ils soient armés pour affronter l'adversité. Les parents sont forcés de jouer. Certains flambent, parient sur l'avenir de leurs enfants en gardant le sourire, d'autres culpabilisent chaque fois qu'ils doivent décider de confronter leurs enfants au monde. Allan n'était pas un flambeur. Il n'aimait pas jouer et n'imaginait pas les vertus qu'un bon coup de boule pouvait avoir sur sa fille. J'ai tapé un peu plus fort dans la chaise. Cette fois, il s'est réveillé. Je l'ai ensuite conduit au lycée. Arrivée devant l'établissement, il m'a remerciée pour la balade. Je lui ai expliqué que le moment était venu de nous dire adieu. Il m'a à nouveau remerciée. Je me suis dit qu'il fallait que je sois plus brutale. Je lui ai annoncé qu'il ne pouvait plus revenir chez nous, qu'il n'était plus le bienvenu. Il m'a encore remerciée, puis il a mis son gros bonnet paré d'oreilles de chien sur sa tête et m'a souri. J'ai pensé que je le voyais pour la dernière fois, que cette fois était la bonne.

La baston avec Allison m'avait donné des ailes. Une fois rentrée, j'ai fini de rédiger mon premier rapport. Je l'ai posté peu avant deux heures de l'après-midi, satisfaite. J'y détaillais notamment les accès à la piscine de l'école. Les élèves utilisaient la piscine à de rares occasions, les membres du club de natation préférant nager au centre aquatique situé à deux pas de là et dont le bassin mesurait cinquante mètres. La piscine de Saint-Georges High était plus modeste. Daniel et Cassy étaient entrés par l'extrémité débouchant devant le vestiaire des garçons. À l'autre extrémité se trouvait le vestiaire des filles. Entre les deux, les gradins en bois étaient séparés par cinq marches menant à une petite pièce vitrée, le bureau des officiels. À l'arrière, un couloir mal éclairé menait à un dernier vestiaire sur la porte duquel était écrit « Staff only ». C'était là qu'on avait retrouvé les affaires de Barjal. La piscine était au sous-sol, elle ne comportait aucune fenêtre. Le couloir mal éclairé reliait également le gymnase situé au-dessus de la piscine, par une porte coupe-feu. Dans mon rapport, je revenais aussi en détail sur l'autre incident, celui que l'inspecteur Arseneault ignorait ou qu'il me cachait. Cassy en avait été le témoin. Je n'avais aucune raison de douter d'elle, pensais-je.

Arseneault avait convoqué Modifié parce qu'il avait frappé Barjal au visage. Rien de volontaire, lors d'une assemblée, en présence de toute l'école, Barjal avait voulu retirer son casque au gamin, le coup était parti tout seul. Mais ce qu'Arseneault ne savait pas, c'est qu'une semaine après cette première rencontre et trois semaines avant le meurtre du Français, Barjal et Modifié s'étaient recroisés. Cassy avait assisté à la fin de la scène. Elle commençait à bien connaître Modifié et savait qu'il avait l'habitude de s'installer au dernier étage de l'établissement, dans un couloir habituellement vide, pour prendre son déjeuner. Il s'asseyait à même le sol, avec sa bouteille de Big 8 Cola, un paquet de chips au bacon, un sandwich préparé par sa mère et un exemplaire de la BD *The Walking Dead*. Tom avait débarqué avec trois amis à lui. Tom était un type costaud dont l'un des passe-temps favoris consistait à imiter Modifié, généralement dans le vestiaire de l'équipe de football du lycée. Pour autant, Tom n'était pas ce qu'on appelle un « meneur ». Il lui arrivait de sentir les bons coups et les autres le suivaient, pas plus. Ce coup-là n'était pas un bon coup. Hélas, ses trois potes et lui ne l'avaient pas compris assez vite. « Je crois que Tom cherchait Modifié », m'avait confié Cassy. Les quatre garçons s'étaient postés devant lui tandis que Tom tapait dans sa chaussure pour le sortir de sa lecture. Le couloir du quatrième étage était désert, les autres étages étant beaucoup plus prisés. Tom avait insisté et de nouveau donné un petit coup dans le pied de Modifié qui avait fini par lever la tête de sa BD.

— J'ai soif.

Modifié n'avait rien dit, n'avait rien fait. Tom avait montré la bouteille de Big 8.

— Je peux ?

Modifié n'avait rien dit, n'avait rien fait. Tom avait poussé la bouteille du bout de sa chaussure. Modifié n'avait rien dit, n'avait rien fait. Les trois potes de Tom avaient ri et Tom s'était alors baissé sans quitter Modifié du regard. Au moment de saisir la bouteille, sa main avait tremblé. Le Big 8 sous le bras, il avait ensuite commencé à marcher. Il avait longé le couloir en laissant traîner son pied droit ; ce n'était pas sa meilleure imitation de Modifié. Les gars avaient tout de même ri ; Modifié s'était replongé dans sa BD. Tom avait continué pendant quelques minutes, avait fait quelques grimaces en remontant son tee-shirt au-dessus de son ventre, la bouteille de Big 8 toujours sous son bras. Il gonflait son abdomen en le tapotant et ses trois amis riaient comme des bossus. L'un d'eux avait ensuite lui aussi tenté une imitation, puis l'excitation était retombée et le groupe s'était avancé dans le couloir pour partir. Tous, à l'exception de Tom qui n'avait pas voulu baisser le rideau.

— Attendez, attendez, vous allez voir.

L'extrémité est du quatrième étage se terminait sur un petit couloir en angle droit dans lequel se trouvaient des toilettes et une dernière salle de classe. Tom avait fait la dizaine de mètres qui l'en séparait en courant, la bouteille toujours serrée contre lui. Il avait doublé le groupe pour se placer devant la porte des toilettes, à l'abri du regard de Modifié. Après avoir tourné le dos à ses amis, il avait ouvert sa braguette d'une main et la bouteille d'une autre. Les gars s'étaient serrés les uns contre les autres. Deux d'entre eux avaient dit non. Tom avait coincé le bouchon entre ses lèvres, avait tourné la tête une dernière fois, et l'avait baissée pour être sûr de bien viser. Ses potes avaient aperçu, entre les jambes de Tom, le liquide jaune et fumant couler dans la bouteille de Big 8. À moitié vide, elle s'était remplie d'un bon quart. Son forfait accompli, il avait remonté sa fermeture Éclair et avait ri en se tournant vers eux. Une hésitation avait semblé le saisir, l'un de ses amis avait murmuré, « Tu vas pas oser ? ». Tom avait fait un pas vers eux, ils s'étaient reculés. Il avait cessé de sourire. Cassy était arrivée à ce moment-là. Elle cherchait une enseignante dont la salle était au quatrième étage mais sa porte était fermée.

Pendant tout ce temps, Modifié n'avait pas levé les yeux une fois de sa BD. Tom s'était alors doucement approché en rebouchant la bouteille d'un geste délicat, puis il l'avait reposée à l'endroit précis où il l'avait trouvée. Modifié n'avait rien dit, n'avait rien fait. Tom s'était reculé d'un pas et avait demandé en sautillant :

— T'as pas soif ?

Modifié n'avait rien dit, n'avait rien fait. Tom avait répété sa phrase un peu plus fort. C'est là que Cassy l'avait entendu alors qu'elle s'apprêtait à quitter l'étage. Tom, poussé par l'excitation ou par une certaine impatience, avait presque crié :

— T'as pas soif ?

Modifié avait levé la tête et lui avait signifié que non. Tom le fixait, il n'avait pas vu Barjal arriver. Ce jour-là, l'enseignant était de surveillance et devait parcourir les troisième et quatrième étages. Quand Tom avait levé la voix, Barjal était justement en train de monter l'escalier menant au couloir où se trouvaient Modifié, Tom et ses trois amis.

— Vraiment, t'as pas soif ?

Modifié l'avait regardé.

— C'est parce que j'ai bu avant toi ? C'est ça ? Tu crois que je suis dégueu ?

Tom ponctuait ses phrases en donnant des coups de menton dans l'air. Il avait ensuite baissé le ton et s'était approché, s'était penché.

— Bois. Bois, bois, bois.

Modifié, d'un geste machinal et sans regarder la bouteille, s'était alors saisi de son Big 8 Cola, avait coincé sa BD entre ses cuisses et retiré le bouchon en regardant les potes de Tom. Il l'avait posé sur son genou, puis avait porté la bouteille à ses lèvres mais Tom avait tendu la main en direction de la bouteille et l'avait saisie avant qu'elle ait eu le temps de toucher les lèvres de Modifié. Entre-temps, Barjal s'était approché en silence, si bien que lorsque Tom avait réalisé que le prof était à ses côtés, il avait fait un bond en avant et la bouteille, qui était à la fois dans sa main et dans celle de Modifié, s'était un peu renversée par terre. Une odeur de pisse s'était aussitôt fait sentir. Les potes de Tom s'étaient collés au mur, Barjal avait juré et avait ajouté, « Y a quoi dans cette bouteille ? ». Tom s'était reculé, instinctivement. Comme souvent, Barjal avait décidé avant de délibérer.

— C'est toi qui vas la boire. Tu as entendu ?

— Quoi ?

— T'as bien compris, c'est toi qui vas boire, pas lui.

Barjal faisait quelques centimètres de moins que Tom. Surtout, Barjal était taillé comme une arbalète quand Tom semblait avoir été extrait d'un chêne centenaire. Le coach de Daniel nageait tous les jours et l'exercice semblait plus l'affiner que l'épaissir. De son côté, Tom n'avait jamais sérieusement pratiqué le moindre sport bien que son corps fût conçu pour. Tom s'était redressé et avait rétorqué :

— Je veux pas boire, vous pouvez pas m'obliger.

Les potes de Tom s'étaient tournés. Lentement, ils s'étaient rapprochés des escaliers en frôlant le mur. L'amitié a ses limites.

— Oh que si tu vas boire.

Barjal avait durci son regard.

— Je voulais pas qu'il boive, c'est pour ça que j'ai repris la bouteille.

— Pourquoi ?

— Pour rien.

Le prof n'avait pas bougé d'un pouce. Tom avait alors ajouté :

— J'le ferai pas.

Le ton ferme de l'élève tranchait avec le début de l'échange. « Tom venait de commettre sa deuxième erreur », avait commenté Cassy quand elle m'avait rapporté la scène. « Barjal a bégayé », avait-elle précisé, puis il avait soufflé par le nez.

— Oh que si, je te promets que tu vas boire.

— Non.

— C'est, c'est sim-simple, si tu bois pas à cette bouteille, je je je te fais vi-virer de cette école. Virer, expulser.

Les derniers mots avaient claqué. Plus de bégaiement. Barjal ne connaissait pas Tom mais Tom connaissait bien Barjal. Il avait entendu dire que le prof n'était pas très conciliant, un « sauvage », on disait dans les couloirs de l'école. Il savait qu'il était mal tombé. Barjal s'était alors tourné vers les potes de Tom qui n'avaient pas encore atteint les escaliers. « Ils chiaient dans leurs bottes », avait élégamment dit Cassy.

— Vous n'avez rien de mieux à faire ?

Les potes avaient vite rejoint l'escalier. À l'autre extrémité, Cassy avait retenu sa respiration. La situation aurait été différente si Barjal avait connu Tom, s'il l'avait eu en classe ou dans son équipe de soccer. Il aurait su que Tom était aussi un garçon attendrissant, le genre à aimer s'asseoir à côté de son petit frère quand celui-ci regardait la télévision, le genre à laisser son petit frère poser sa tête contre son épaule. Tom avait regardé Barjal et avait déclaré :

— Tu me le paieras.

— Bois.

Alors seulement, il avait porté la bouteille à ses lèvres en grimaçant. Barjal avait arrêté le geste de Tom. Quelques gouttes avaient tout de même coulé sur les lèvres du garçon.

— Va mettre la bouteille à la poubelle maintenant.

Tom s'était essuyé avec sa manche. Barjal regardait Modifié qui était toujours assis, *The Walking Dead* coincé entre ses genoux.

— Tu devrais aller te nettoyer.

Le disant, le prof avait indiqué le pantalon de Modifié sur lequel étaient tombées quelques gouttes du fameux Big 8 rehaussé d'urine. Avant de dévaler les marches, Tom avait pointé son doigt vers Modifié. Il l'avait pointé à deux reprises mais n'avait rien dit.

8

Les trois jours suivant mon ultime entrevue avec Modifié, il n'y eut rien à signaler jusqu'à l'incident. Allan et Allison rentraient tard à la maison, je les entendais parler dans la cuisine. Je ne comprenais pas qu'ils aient tant à se dire. Allan se couchait sans me dire un mot, Allison laissait traîner ses culottes sur le sol de mon dressing au mur duquel, en plus de la photo où elle tenait la main de son père et ce ballon en forme de tête de canard, figurait maintenant une photo de famille sur laquelle le vent balayait les longs cheveux blonds de sa mère. Quant à moi, je n'avançais pas franchement dans mon enquête.

En arrivant dans le salon, Allison tenait une large caisse en plastique, une caisse bleue à couvercle noir. J'étais en train d'enfiler ma parka. Il avait neigé pendant la nuit, je m'apprêtais à aller chercher mon courrier.

— Martha, j'ai pris la liberté de mettre tes affaires d'été dans cette caisse.

J'ai regardé le contenant en plastique et j'ai imaginé Allison plier mes affaires pour les placer à l'intérieur. Les chiens l'avaient suivie et se tenaient à ses pieds, sous la caisse. J'ai imaginé qu'Allison lâchait la caisse, le cri des chiens.

— Martha, tu m'as entendue ?

— La caisse, oui j'ai entendu.

— Je la laisse ici.

C'est là que la chose m'a frappée : c'est Allison qui devrait s'occuper de moi quand je serais vieille. Je n'avais pas d'enfants, Allan n'était pas très résistant, ma famille ne me portait pas spécialement dans son cœur, il ne restait donc qu'elle. Elle a posé la caisse sur la table du salon. Elle attendait quelque chose. Le couvercle noir était bombé, elle avait certainement tassé mes vêtements pour en faire entrer un maximum à l'intérieur.

— Ne le prends pas mal Martha. J'avais besoin de place pour mettre mes affaires sur les étagères. Et puis, c'est ma chambre maintenant.

Je fixais la caisse. Je ne me faisais pas de mouron pour l'argent. Si tout se passait bien, j'aurais bien assez pour aller dans l'une de ces maisons où des inconnus s'occupent de vous mais plus j'y réfléchissais, plus j'étais forcée de me rendre à l'évidence : en dehors d'Allison, je ne connaissais personne de moins de vingt-cinq ans susceptible de venir me rendre visite dans cette maison. Il y avait bien la livreuse du traiteur mais le doute était permis quant à son engagement émotionnel. Le montant des pourboires qu'elle exigeait désormais me forçait à m'interroger sur la nature de notre relation.

Mes facéties *cunnilaires* devenaient ruineuses. À vrai dire, je traitais la livreuse comme une pute de luxe et la situation semblait combler toutes ses attentes. Après tout, je ne savais pas comment j'allais vieillir ; peut-être que j'allais m'adoucir, avoir des regrets et éprouver le besoin d'être réconfortée. Est-ce qu'Allison subviendrait à tout ça ?

— Martha, tout va bien ?

— Non. Si. Tout va bien Allison. Tu as eu raison.

— Oh je ne te demandais pas ta permission. Je suis chez moi aussi.

Les chiens ont redressé leurs oreilles. C'était donc cette salope, Allison, qui était aujourd'hui mon dernier espoir d'avoir une conversation avec un être humain d'ici vingt ou trente ans. J'ai déplacé mon regard sur mon dernier espoir. Il avait une sale tronche. Je n'allais pas faire ce boulot de détective toute ma vie, cinq, sept ans tout au plus. Ce n'était pas une question d'énergie, seulement, je sentais bien que je rechignais de plus en plus à aller fouiller la pauvre existence des autres.

— Tu es chez toi Allison.

Elle s'est avancée vers la porte du salon, j'ai pensé qu'elle avait eu ce qu'elle cherchait mais elle avait gardé le meilleur pour la fin. Cette petite conne avait de la ressource. Au moment de franchir le palier, elle a tourné sa tête de trois quarts. Pour être tout à fait honnête, il y a une chose que je ne pouvais pas enlever à Allison : toute petite conne qu'elle était, elle travaillait fort à me rendre folle et rien n'était laissé au hasard. Elle ne traitait pas notre inimitié par-dessus la jambe, non, elle y mettait tout son cœur. Je ne pouvais que lui en être reconnaissante. On pouvait même aller jusqu'à dire qu'à bien des égards, les efforts qu'elle produisait pour me pourrir la vie étaient la marque d'un très grand respect. Elle a donc tourné sa tête de trois quarts et spécifié :

— Martha, j'ai oublié de te dire. J'ai payé la caisse avec mon argent. Je t'ai avancé la somme si tu préfères.

J'ai été surprise et ça a dû se voir car un sourire s'est dessiné sur son visage. Les chiens faisaient maintenant des allers-retours dans l'escalier. Elle a poursuivi :

— Je sais que je travaille et que tu es en indélicatesse avec ton employeur, enfin, avec ta famille.

Elle a savouré le silence qui a suivi, je l'ai senti.

— Mais comme dit mon cher père, « personne n'est responsable des problèmes des autres ».

— Je vais te rembourser Allison, sans faute.

J'essayais de rester digne.

— Tu sais, je pensais l'autre jour, j'imaginais des activités qui auraient pu être dans tes cordes.

— Ah oui. Et quoi par exemple ?

Je n'étais plus à un coup près. Je n'essayais même plus de me protéger.

— Le Loto, tu pourrais jouer au Loto ? C'est dans tes cordes ça, non ?

— Merci, je vais y penser.

— Cinquante dollars.
— Quoi ?
— La caisse, elle m'a coûté cinquante dollars. J'ai pris la plus chère, rien n'est trop beau pour toi Martha. Surtout, ne me remercie pas.

Elle a penché sa tête sur le côté et j'ai regardé la caisse en plastique bleu et noir qui m'avait coûté cinquante dollars. Je n'en avais jamais acheté une, encore moins à ce prix-là ; j'étais désormais l'heureuse propriétaire d'une caisse bleu et noir à cinquante dollars. Allison est sortie pour me laisser apprécier le fabuleux placement financier dont elle venait de me faire bénéficier.

Je n'avais pas revu Modifié depuis que je lui avais dit qu'il n'était plus le bienvenu. Avant ça, il nous avait rendu visite chaque fois qu'il avait neigé. Je ne sais pas pourquoi, mais depuis la première fois où il avait dégagé notre allée, il semblait s'en être fait un devoir. Des chutes de neige avait été annoncées pour la nuit, beaucoup de neige, trente ou quarante centimètres. Au réveil, j'ai bondi de mon lit. Allan dormait encore. De la fenêtre, je pouvais apercevoir l'allée du chirurgien, celle du dermato et celle du pasteur. Le véhicule de l'entreprise de déneigement faisait des allers-retours dans l'allée du chirurgien. La neige se trouvait soufflée partout dans les airs. Il faisait encore nuit, la lumière des lampadaires se reflétait dessus et notre sapin croulait sous la poudre blanche. La couche au sol était impressionnante. Je suis allée me préparer un café puis je suis remontée.

J'ai poussé une culotte du pied, fermé la porte du dressing où dormait Allison et je suis rentrée dans la chambre pour tirer une chaise et l'approcher de la fenêtre. Les rideaux étaient à demi fermés. Le véhicule est parti et le chirurgien est sorti. Il allait acheter du pain frais pour sa femme, il travaillait rarement avant neuf heures, la boulangerie n'était pas très loin. Quand il a atteint la fin de son allée, ses jambes se sont enfoncées jusqu'au genou dans la neige. Les petits chasse-neige de la ville n'étaient pas encore passés sur les trottoirs. Je lui avais dit de ne plus jamais revenir mais je l'attendais et il est arrivé : il portait la même tenue que je lui connaissais, sa jambe traînait toujours derrière lui. En un instant, j'ai été rassurée. La veille, j'avais appuyé une pelle contre la porte de notre garage. J'étais allée en acheter une plus large pour l'occasion. Il a remonté notre allée en prenant son temps. Il ne levait pas les genoux pour avancer plus rapidement et traçait lentement deux lignes dans la neige. J'ai senti une boule dans ma gorge. Je n'y ai pas fait plus attention que ça. Il a disparu puis est réapparu un instant plus tard avec la pelle neuve. Après avoir inspecté l'outil, il s'est mis au boulot. Modifié ne pliait pas les genoux pour pelleter, il pliait le buste. Son dos et ses bras assumaient toute la charge de travail. La première pelletée a été comme un feu d'artifice monochrome et silencieux. Emportée par un vent léger, la neige est venue s'écraser dans l'allée du dermato. Il a secoué la tête, de la neige est tombée des oreilles de chien de son bonnet.

— Qu'est-ce que tu fabriques ?

Je me suis tournée, Allan avait déjà roulé à l'opposé du lit pour fuir la lumière du jour. Il a ironisé :

— Encore en train de regarder le dermato se doucher ?

— Une fois, ce n'est arrivé qu'une fois.

— Qu'est-ce que tu fais alors ?

— Rien.

— Martha, qu'est-ce que tu fais ?

— Je regarde le gamin.

— Oublie ce que j'ai dit, je ne veux pas savoir.

Il a tenu bon une ou deux minutes avant de me demander :

— Merde, je croyais qu'on en avait terminé avec lui.

— Tu as dit que c'était un bon sujet de livre, tu te souviens ?

— Si je devais accueillir chez moi tous les bons sujets de livre… Faut faire quelque chose pour nous en débarrasser.

— Il dégage l'allée.

— Il a beaucoup neigé ?

— Cinquante centimètres.

— Tu plaisantes ?

Allan est sorti du lit, a enfilé un caleçon et tiré les rideaux pour venir se placer à côté de moi.

— Bon Dieu t'as raison, ça a chié cette nuit.

— Très élégant Allan. Dieu et chié dans la même phrase.

Il est parti à la salle de bains pour se doucher avant de revenir à mes côtés. Il a posé sa main sur mon épaule et collé son visage à la vitre.

Les enfants du pasteur œuvraient comme des lutins, les chiens piétinaient sur le parquet.

— Tout compte fait, c'est un bon gamin. Cinquante, vraiment, tu crois ? Regarde-le, il plaisante pas avec une pelle dans les mains.

Le jour se levait. J'ai observé Modifié finir de dégager notre allée. Quel calme c'était ! À sa gauche, la porte du garage du dermato s'est soudain mise en branle et il en est sorti. Notre voisin a démarré sa souffleuse et a commencé sa routine. Au même moment, Allison venait de claquer la porte de la salle de bains. Le dermato était équipé pour le grand froid, combinaison intégrale et chaussures à crampons. Sa tête a recommencé à faire des siennes, son tic nerveux ne s'arrangeait pas, on aurait dit que son menton cherchait à chasser un truc de son épaule gauche. La porte d'entrée de notre maison a grincé. J'ai entendu les pas de Modifié et Allan lui crier : « T'assois pas sur ce banc ! Viens avec moi, nom de Dieu. » Je suis restée en haut, à la fenêtre, mon café froid à la main. Les enfants du pasteur s'affairaient encore dans leur allée, il leur restait deux ou trois mètres à couvrir pour atteindre la route. Je suis partie aux toilettes, quand je suis revenue, le chirurgien rentrait de chez le boulanger avec son pain et le dermato venait de terminer de nettoyer son allée. Le soleil, l'animation dans la rue, on se serait cru un jour d'été. Un chasse-neige est arrivé de la droite, du côté opposé à notre maison. Il charriait une quantité incroyable de neige en faisant un bruit assourdissant, la lame semblait emporter le bitume. Au rez-de-chaussée, Allan a encore crié, « T'es sacrément doué avec une pelle, tu sais ? ». J'ai pensé que Modifié devait toujours être assis sur le banc de notre entrée et que c'était pour ça qu'Allan gueulait. En réalité, le gamin était à la porte qu'il avait entrouverte, en train d'assister au même spectacle que moi. Quand le chasse-neige a été à moins de vingt mètres, les enfants du pasteur se sont reculés. Ils venaient juste de finir de déneiger leur allée. Une bonne partie de la montagne de neige que le chasse-neige poussait est venue s'y loger. L'entrée de l'allée a instantanément disparu. Il y avait maintenant, à sa place, un grand mur blanc : un mètre de haut sur un mètre de large. C'était arrivé en un éclair. De colère, un des gosses du pasteur a jeté sa pelle en direction du véhicule, elle a glissé sur la route dégagée, sans toucher l'engin qui avait continué sa route, comme si de rien n'était. Le pasteur est sorti avec une tasse à la main, les autres gosses se sont approchés de la montagne, l'un d'eux est monté au sommet, a levé sa pelle dans les airs et s'est immobilisé. On aurait dit *La Liberté guidant le peuple*. Sans un mot, il s'est remis au travail, comme on s'attaque au démantèlement d'une barricade. J'ai entendu la voiture d'Allison sortir du garage, Allan venait de s'installer sur le siège passager. Allison a reculé dans notre allée et ses roues se sont enfoncées dans la neige qu'avait projetée la souffleuse du dermato, une petite dizaine de centimètres. Le chasse-neige avait fait demi-tour, il a laissé la voiture d'Allison passer. Allan a baissé sa fenêtre pour faire un signe à Modifié qui, pelle en main, s'est remis au travail. Il s'appliquait déjà à défaire ce que le dermato avait refait, ou l'inverse. Je savais que le dermato était parti prendre sa douche, les rideaux de sa salle de bains étaient tirés. C'était un homme de rituels, il n'oubliait presque jamais de fermer les rideaux. Je me suis toujours méfiée des hommes de rituels, comme je me suis toujours méfiée d'être à nouveau prise en flagrant délit de voyeurisme. Les bnichons d'Allan sont venus s'installer sur le lit, signe qu'ils avaient bouffé, pissé et chié. J'étais tranquille, pour au moins trois heures. J'ai eu le temps de me refaire un café et de manger un morceau avant de revenir à mon poste d'observation, dans ma chambre, derrière mon rideau. Je guettais la porte d'entrée du dermato, je trépignais. Il est finalement apparu, vêtu d'un costume sombre et d'une cravate bleu ciel. Il remontait la fermeture Éclair de son manteau et se dirigeait vers son garage quand il a levé les yeux. En une demi-heure, Modifié avait réussi à couvrir l'allée du dermato d'une bonne quinzaine de centimètres. Le gamin était plus précis que la souffleuse. Il était aussi d'une endurance remarquable et la façon qu'il avait de jeter la neige par-dessus son épaule m'en bouchait un coin. Il ne s'était pas contenté de renvoyer la neige que le dermato avait soufflée avec sa machine, il en avait aussi profité pour élargir notre allée. Modifié se tenait à l'entrée de notre garage, appuyé sur ma pelle neuve. Constatant que son allée était à nouveau recouverte, le dermato a renoncé à sortir sa voiture de son garage. Avec le sol gelé, rouler sur la neige et la compacter revenait à transformer la pente en patinoire. Après avoir jeté un œil vers Modifié, il est allé récupérer sa souffleuse et, en costume sombre, cravate bleu ciel et chaussures en daim, s'est de nouveau attelé à la tâche. Il n'arrêtait pas de faire ce truc bizarre avec sa tête et paraissait furieux, comme s'il voulait punir la neige. Modifié l'a tranquillement observé faire voler la neige dans sa direction. Un seul passage avait suffi pour draper notre allée d'un voile blanc. Modifié avait coincé la pelle entre ses jambes et enfoncé son bonnet en le tirant par les oreilles, il ne bougeait plus. Le dermato a commencé à remonter son allée pour déblayer une deuxième bande, il avait tourné le conduit d'éjection de la souffleuse si bien que la neige continuait de venir vers notre propriété pour déposer une deuxième couche blanche. Modifié a attendu que le dermato soit revenu à son point de départ avant de poser la tranche de la pelle sur le sol et de la faire glisser sur le bitume. En un rien de temps, il a fait valser toute la neige chez le dermato, toute. Le dermato était à l'entrée de son garage en train d'observer la manœuvre, sa tête mettait de méchants coups. On avait dépassé le stade du tic nerveux, il semblait à présent possédé ou quelque chose comme ça. Une fois arrivé au niveau du trottoir, Modifié est remonté vers notre garage en raclant cette fois les bords de notre allée. Sa pelle se remplissait de neige et chopait un peu d'herbe et de la terre gelée au passage. Cinq pelletées de cette mixture ont atterri au milieu de l'allée du dermato. En face, les enfants du pasteur avaient terminé de dégager la leur, deux d'entre eux avaient même commencé un bonhomme de neige, les autres étaient rentrés. Le pasteur était encore dehors et observait comme moi le manège entre le dermato et Modifié. S'il avait fallu acheter sa place, j'aurais payé très cher pour assister à ce spectacle. Le dermato a éteint sa souffleuse et a descendu son allée. Il faisait de petits pas, ses chaussures en daim n'étaient pas faites pour marcher sur la neige. J'ai dû lâcher un son, les chiens se sont redressés sur le lit. Modifié ne regardait pas le dermato, il avait entrepris de racler l'autre côté de notre allée, neige, herbe, terre gelée et tout le tintouin. À ce moment-là, le dermato a commencé à crier. Je ne pouvais pas entendre les mots, j'ai vu ses dents blanches briller, son tic nerveux s'était accentué, sa tête faisait l'essuie-glace à une vitesse folle. Modifié n'a pas répondu, il devait écouter de la musique dans son casque mais le dermato ne pouvait pas le deviner sous son bonnet. Il a avancé tant bien que mal vers lui et a posé sa grosse main sur l'épaule du gamin qui était de dos. Toute autre personne se serait retournée. Pas Modifié. Pas son style. La pelle est partie, d'un coup. Elle était presque vide. Ils étaient tous les deux face à moi. Le dermato s'était peut-être attendu à ce que le gamin réagisse, sûrement pas à se prendre la pelle en pleine tête. Celle que j'avais achetée chez Costco était parfaite mais je regrettais maintenant d'en avoir pris une en plastique et non en aluminium et manche en bois comme celles qu'ils vendent dans les petits magasins de bricolage. La pelle est venue frapper le crâne du dermato d'un coup sec. Vengeance ? Hasard, réflexe ? Qui sait ? En plus de la surprise, le dermato a dû faire face au choix plus que discutable de ses chaussures en daim, ses semelles ont dérapé et il est tombé la tête en arrière et les quatre fers en l'air. Il n'a pas dû comprendre grand-chose. Comme je l'ai dit, le dermato était bâti comme une montagne et la montagne venait de s'écrouler. Sa chute m'a fait reculer sur ma chaise, les chiens se sont de nouveau redressés sur le lit. Modifié a fini de se retourner et le dermato s'est relevé. Il a touché sa tête, a regardé ses mains plusieurs fois, je ne voyais pas de traces de sang. Puis il a regardé Modifié et a plié les genoux, comme s'il s'apprêtait à charger. Peut-être faisait-il ou avait-il fait de la lutte, du karaté, du rugby ? Peu importe, il donnait l'impression de savoir ce qu'il faisait. Il a alors foncé vers le gamin, la tête légèrement de côté et les bras en avant. Je me suis tendue et les chiens ont une nouvelle fois sursauté. Avec ses chaussures en daim, le pauvre n'aurait pas dû espérer grand-chose de la manœuvre. Ses appuis n'étaient pas bons mais le bougre a tout de même réussi à prendre un peu de vitesse. Il ressemblait à un taureau, un taureau déjà bien essoré par les banderilles : son attaque manquait d'un peu de tout. Modifié se tenait face à lui, la pelle relevée à hauteur de hanche, il s'est simplement décalé sur le côté, dessinant un arc de cercle avec l'objet, pas très vite, pas très fort, sans manifester de véritable intérêt pour ce qu'il faisait, comme s'il avait eu l'intention d'écarter une petite branche qui se trouvait sur son passage. Un mouvement anodin, négligé. Attention, dans le style de Modifié quand même, efficace le gamin. La pelle est venue frapper le dermato aux flancs et ce dernier a été balayé, littéralement balayé, comme un cil sur une joue sèche. C'était splendide. Les bras du dermato sont restés tendus en direction d'une proie invisible. Cette fois, il a basculé la tête la première dans un tas de neige. J'allais demander aux bnichons d'Allan de se calmer quand je me suis rendu compte qu'ils étaient sagement occupés à se lécher et que c'était moi qui sautais dans la chambre. Ils me regardaient comme si j'étais devenue folle, j'ai essayé de me maîtriser. Entretemps, le pasteur avait traversé, je ne l'avais pas vu arriver. Il a relevé le dermato qui arborait un masque de neige sur tout le visage. Modifié était resté droit comme un i. Le pasteur a brossé le manteau du dermato pendant que ce dernier reprenait ses esprits. Une fois requinqué, il a tenté de s'approcher du gamin mais le pasteur s'est mis entre eux. Il ne s'est pas simplement interposé, il l'a carrément poussé. Je n'entendais pas ce qu'ils se disaient mais les regards noirs qu'ils s'échangeaient m'ont donné l'impression d'assister à une version hivernale de *West Side Story*. Les bandes des Jets et des Sharks devenant ici les Pelles et les Souffleuses. Le dermato a fini par se calmer, il s'est retourné et a descendu mon allée en secouant la tête. Le pasteur s'est posté devant Modifié, je me suis précipitée dans la salle de bains pour enfiler un peignoir par-dessus mes vêtements.

— Votre ami a un peu amoché le voisin.

J'avais ouvert la porte pour faire entrer Modifié tout en retenant les chiens avec mes pieds.

— J'ai toujours été impressionnée par la façon dont vos gosses nettoient votre allée.

Le pasteur m'a regardée sans trop savoir quoi en penser. J'essayais vainement de dissimuler ma joie.

— Faut vous attendre à avoir des nouvelles de lui.

— Des nouvelles… de qui ?

Le pasteur a fait un signe en direction de la maison du dermato.

— Notre voisin, il est du genre procédurier.

— Oh, merveilleux.

Le pasteur a froncé les sourcils. J'ai cessé de sourire et formulé une réponse plus appropriée :

— Oh, il va oublier.

— Je compterais pas trop sur ça, il a lancé en se retournant.

J'ai fermé la porte, Modifié était assis sur le banc de l'entrée.

— Bon sang qu'est-ce tu trouves à ce banc ? Va t'asseoir sur le canapé.

Je suis revenue de la cuisine avec un grand verre dans les mains. Il avait l'air de trouver le canapé inconfortable. Je me suis rappelé que c'était le but.

— Tu dois avoir soif ?

Il a pris le verre dans lequel il a trempé ses lèvres et s'est immédiatement déridé :

— Big 8 Cola ! il exultait.

Modifié menait les combats dont je n'osais même pas rêver, il était ces combats, ces femmes que je n'embrasserais jamais, ces paysages dans lesquels j'aurais aimé me réveiller. J'ai marmonné :

— Big 8 Cola ? Je sais pas, peut-être.

9

Depuis notre déjeuner, je communiquais régulièrement avec Cassy. Je lui posais des questions anodines au sujet de mon cousin, elle m'interrogeait sur ses parents. Elle faisait semblant de trouver mes questions anodines et moi les siennes sans intention. Certaines fois, je me demandais même si elle n'était pas plus intelligente que moi et si ce n'était pas elle qui avait provoqué notre rencontre. J'avais peut-être passé trop de temps à examiner sa peau mate, sa façon de sourire après chacune de ses interventions, son corps en bonne santé ou ses bottes en plastique bicolores pour pouvoir la voir telle qu'elle était vraiment.

— Kaiser, c'est pas commun comme surnom.

— Recommence pas avec ça.

Daniel n'était pas d'humeur. Je me suis à mon tour accoudée au garde-corps de la terrasse, un rectangle de teck qui surplombait le port.

— Tu sais, il a dit, je pourrais te raconter des anecdotes sur J.C., des trucs que j'ai vécus avec lui.

J'ai souri, espérant que ça suffirait.

— Cassy me parlait de cette Madame… Hazard je crois, la prof de lettres ?

— La fêlée avec les lunettes ?

— Oui, tu savais qu'elle était suspectée ?

— J'ai entendu dire. Paraît qu'elle couchait avec Barjal.

— Ah bon, elle couchait avec lui ? Mais… il était pas marié lui ?

— Si. La Hazard de toute façon elle est barrée, ça m'étonnerait pas qu'elle ait fait le coup. Tu sais pourquoi ?

— Non.

— La célébrité. Paraît qu'elle a été célèbre.

— Célèbre, comme toi ?

— Pas comme moi, Erwin, c'est une institution. Hazard, elle, elle a juste écrit un livre. Tout le monde peut écrire un livre.

Il a regardé au loin, puis sa montre. S'il était coupable de quoi que ce soit dans cette affaire, il était bluffant. Il y mettait tout le détachement et l'indifférence nécessaires. En plus, bien sûr, de son arrogance naturelle.

— J.C. est mort cinq ou six ans avant ta naissance.

— Huit ans exactement avant ma naissance. Mais tu sais, même mort, J.C. m'a fait sauter sur ses genoux, j'ai passé des jours entiers avec lui, des heures à regarder l'horizon à ses côtés, comme ça, comme toi et moi là. Je me souviens de tout, parce que son souvenir est partout.

Daniel a serré la barrière de sécurité dans ses mains comme s'il avait voulu la réduire en miettes. Il a repris en fixant le large. Il prenait une voix plus grave quand il imitait son arrière-grand-père.

— Un jour J.C. m'a dit... Il m'a dit, « Tu vois ce porte-conteneurs qui s'éloigne de la ville ? Tu le vois ? C'est un paysage ». Et il a ajouté, « J'ai fait ce paysage, tu comprends ? Je ne sais pas ce qu'il y a à l'intérieur de ces conteneurs, mais je sais une chose : ils n'existeraient pas sans moi ».

Il s'est retourné pour appuyer son dos au garde-corps et m'a confié :

— Bientôt ce sera mon tour.

— Ton tour ?

— De prendre la tête du groupe, mais pas que, de raconter mes propres histoires aussi.

— Tu vas très bien t'en sortir.

J.C. Erwin avait toujours été une sorte d'icône. J'ai souvent essayé d'imaginer son sourire crispé sur les toilettes, je n'ai jamais réussi.

— Tu vois Nauwick Cove ?

Le nom désignait une crique en forme de V pas loin de là. Une route s'avançait jusqu'à un ponton accessible en voiture. L'hiver, les pêcheurs sur glace s'y garaient. Ils y acheminaient les petits cabanons qu'ils posaient au-dessus des trous forés dans la glace. L'été, les voiliers encombraient l'endroit. L'extrémité du ponton surplombait la rivière d'environ deux mètres l'hiver et d'au moins cinq l'été.

— Je vois, oui.

— Un après-midi, j'étais avec J.C. sur le ponton. C'était l'été, j'étais ado et y avait un garçon plus jeune que moi, quelques années, peut-être deux ans de moins, qui traînait là. Il portait un maillot de bain, bleu, un maillot bleu, délavé. Deux ans c'est beaucoup à cet âge. C'était une journée d'été nuageuse, pas des masses de baigneurs. Les sauveteurs avaient plié leur tente. J.C. lui a fait signe. Le garçon s'est approché, il portait pas de chaussures. J.C. lui a montré un billet de cinq et lui a dit, « Ça te dirait de sauter ? ». Il a regardé le billet et après le vide. Y avait cinq ou six mètres de hauteur. Il s'est tourné vers J.C., le vieux lui a fait un signe de la tête. Je me tenais juste à côté de J.C., il était moins vaillant qu'avant mais quand même, il en imposait. Il allait mourir l'année d'après, quatre-vingt-treize ans tu te rends compte ?

— Oui, un coriace l'arrière-grand-père.

— Le garçon, il a tendu la main vers le billet de cinq et tu sais ce que J.C. lui a dit ?

Je savais et Daniel savait que je savais mais il a continué comme si :

— J.C. a dit, « Tu ne veux pas mouiller ton billet. Je te le donnerai quand tu remonteras de l'eau ». Et il a remis le billet dans sa poche. T'aurais vu ça. Après, J.C. a marché jusqu'à l'extrémité du ponton, le garçon l'a suivi. Il était maigre. Il s'est arrêté au bord, il a regardé J.C. une dernière fois, J.C. a posé sa main sur l'épaule du gosse comme s'il avait changé ses couches et il lui a dit qu'il voulait le voir courir aussi. J.C. est resté là où il était. Le garçon s'est reculé, j'te jure, et J.C. lui a fait un clin d'œil. Le garçon a regardé J.C., m'a regardé puis il s'est lancé. Je l'ai vu écarter les bras et les jambes en sautant, comme un crapaud, et ensuite transpercer l'eau. J'ai entendu son cri mais surtout, j'ai vu le sourire de J.C. Ça a pas duré longtemps parce qu'il m'a attrapé aussi sec par le bras. La voiture était garée au milieu du ponton, J.C. m'a dit de monter et il a mis le contact. Y avait pas d'échelle au bout du ponton. Le garçon devait se taper cinquante mètres à la nage pour atteindre la petite plage, et après, remonter sur le ponton. À cette époque, J.C. n'avait plus le droit de conduire, tu te souviens ? Il s'était endormi une fois au volant à cause des médocs et on lui avait retiré le permis mais il s'en foutait le vieux. Il a reculé à fond la caisse. J'étais tétanisé dans la voiture. Le garçon avait sauté de mon côté, c'était un bon nageur, la voiture est arrivée à sa hauteur au moment où il sortait de l'eau. Je n'ai pas tourné la tête, je ne voulais pas croiser son regard. Ça ne m'empêche pas de m'en souvenir. Aujourd'hui encore, je sais pas ce qui est le pire, voir ou imaginer le garçon observer son billet de cinq lui échapper. On est rentrés chez J.C., ma mère était là, elle nous a demandé si la balade avait été bonne, J.C. a répondu excellente. Il était content de lui. Il se foutait totalement de ce que j'avais pu ressentir. J'ai dit à ma mère que je voulais rentrer tout de suite à la maison, que des copains m'attendaient pour aller jouer au basket-ball. C'était pas vrai.

J'avais entendu cette histoire des dizaines de fois. Daniel le savait, son père la racontait, lors des repas de famille ou des anniversaires. C'était lui qui l'avait vécue, pas Daniel qui, comme il l'avait dit, n'avait jamais connu son arrière-grand-père, mais c'était la première fois que je l'entendais de la bouche de Daniel. Il avait certainement prévu de me la raconter aujourd'hui. Ça se voyait, il s'était préparé et j'étais fière qu'il m'ait choisie, fière d'être en quelque sorte sa répétitrice, fière de lui aussi. Daniel s'est écarté de la barrière et s'est tourné vers moi. Il n'avait rien oublié. Cette histoire, c'était un peu l'examen du barreau de la famille Erwin, l'oral qui perpétuait le mythe et faisait de J.C. un symbole.

— Tu pleures ?

— Raconte pas de conneries Daniel.

À mon tour je me suis mise à regarder au loin vers la mer.

— Tu sais, les pires souvenirs ne sont pas les plus désagréables.

Il a ri et moi aussi.

— L'histoire, tu la racontes mieux que ton père.

— Mon père... Tu sais que j'ai pas d'histoires sur mon père. T'en as toi ? Des trucs qui feraient rire, ou même des choses tristes ?

— Sans doute.

J'ai à la fois réfléchi à sa question et à la réponse qu'il attendait.

— Quand je vais à la pêche avec mon père, personne ne tombe à l'eau, les poissons sont de taille moyenne et les gens qu'on croise sont polis. Ils disent « monsieur » et « bonne journée ». Ça fait pas des histoires ça.

— Qu'est-ce que tu veux dire exactement ?

— Je suis allé à la pêche des dizaines de fois avec mon père. Bah, je serais incapable de te raconter une seule anecdote. Toutes les fois se mélangent, comme si on y était allés qu'une fois, une grosse fois.

— J'ai des histoires sur ton père. Je t'en raconterai, plus tard. Je crois que tu les aimeras.

Cassy est arrivée. Daniel lui a fait remarquer l'heure qu'il était, elle a paru surprise. Je savais qu'il m'avait convoquée plus tôt et qu'elle n'était pas en retard. Elle m'a fait la bise et m'a demandé l'heure. J'ai répondu que je ne savais pas. Daniel lui a demandé ce qui lui prenait. « De vouloir savoir l'heure ? » elle a dit. « Non, d'embrasser Martha. » Elle ne s'est pas défendue.

Le repas s'est ensuite déroulé sans accroc. J'ai insisté pour payer l'addition. Daniel a accepté et s'est levé. Juste avant de partir, il m'a interrogée sur mon énigme. Il voulait savoir si le type retrouvé mort dans la forêt en combinaison de plongée avait des blessures, des blessures quelconques ?

— Ses os sont brisés.

— Et la forêt, quelque chose de particulier ?

— Oui.

— Quoi ?

— Devine.

Il a regardé sa montre et a filé en me laissant avec Cassy. Quand je suis allée payer, le propriétaire du restaurant a refusé mon argent en m'expliquant que Daniel Erwin et ses invités étaient ici chez eux. Cassy n'a pas été surprise. Moi non plus à vrai dire.

Cassy voulait me dire quelque chose alors on est allées dans le coffee shop situé en face. Je ne savais pas si j'aimais être avec elle. Elle m'était devenue familière très vite. Cette fille n'était pas comme les autres adolescentes, elle avait beau porter des bottes en plastique pour se balader en ville, elle n'avait rien d'une ado et encore moins d'une enfant. On s'est assises sur des tabourets de bar. Je ne cherchais plus à savoir si elle était idiote ou intelligente, seulement si elle était dangereuse.

— Quand il mâche un chewing-gum, Tom, on dirait un gosse de deux ans, il ouvre la bouche si grande qu'un oiseau pourrait y faire son nid. Je me rappelle la première fois que je l'ai vu.

Cassy avait une légère dissymétrie au niveau des lèvres lorsqu'elle souriait. Le détail était frappant. J'avais beau chercher, c'était son seul défaut physique, raison pour laquelle c'était frappant. Elle a continué en parlant un peu plus bas, les mains agrippées à l'assise de son tabouret :

— Bref, Hazard, la première fois qu'elle l'a vu...

— C'est ça que tu voulais me raconter ?

— Hazard, elle a dû croire que Tom se foutait d'elle, je l'avais cru moi aussi, la première fois que je l'avais vu mâcher comme ça.

Je n'ai rien dit. Elle était beaucoup trop proche de moi.

— Pourquoi je vous raconte ça ?

— J'aimerais bien le savoir.

— Je sais pas, pour parler. Ah non, voilà, parce que, Tom, il aime imiter, comme je vous ai dit. Eh bien quand elle l'a vu mâcher son chewing-gum, la Hazard a dit qu'elle avait jamais voulu être dentiste.

Je me suis légèrement reculée. Je me demandais où elle voulait en venir avec son histoire et sa peau brune à croquer. Elle n'arrêtait pas de rejeter ses épaules vers l'arrière et de rapprocher sa poitrine de mon visage, comme pour s'étirer, ça me mettait mal à l'aise mais je ne faisais rien pour l'en empêcher.

— Elle a l'air drôle ta prof.

Les mains posées sur son tabouret, elle s'est brusquement penchée en avant. J'ai eu l'impression d'être subitement prise dans des sables mouvants.

— Non, pas vraiment. Mais voilà, c'est ça que je voulais te raconter. Ce matin-là, quand elle lui a dit qu'elle voulait plus le voir mastiquer comme une vache, Tom est sorti drôlement humilié de la classe. Et là, sur qui il est tombé, sur Modifié ! Il passait devant nous et un des copains de Tom lui a fait un croche-pied. J'étais juste à côté, j'ai tout vu. C'est pas Tom qui a fait le coup mais la bouteille de Coca-Cola de Modifié est tombée devant lui.

— La bouteille de Big 8 ?

— Oui, Tom, il s'est précipité pour arrêter la bouteille avec son pied et rattraper Modifié.

— Et qu'est-ce qu'elle a fait ?

— Qui ?

Son visage était à quelques centimètres du mien. Elle le penchait tantôt d'un côté, tantôt de l'autre, comme une coiffeuse qui chercherait à apporter la touche finale à une coupe. J'étais tétanisée.

— Ben Hazard ?

Elle ne parlait plus, elle susurrait.

— Ah... elle a dit que c'est Tom qui avait fait exprès de le faire tomber mais en fait, Modifié se tenait à Tom pour pas tomber. C'était n'importe quoi.

— T'es amie avec lui ?

— Tom ? Non, c'est un con. Mais il est pas méchant.

Le téléphone de Cassy a sonné, elle a pris l'appel, sa mère l'attendait dans la rue. Je pensais être sortie d'affaire quand elle a posé ses mains sur ma taille : on aurait pu se lever toutes les deux et danser. Au lieu de ça, elle m'a embrassée sur une joue. J'étais gênée, à cause de la remarque de Daniel. Ses mains ont glissé de ma taille jusqu'à mes cuisses ; un geste dans lequel je n'ai voulu voir que de l'amitié, pour ne pas avoir honte d'imaginer autre chose.

Après ça, j'ai pris ma voiture pour me détendre et je suis allée faire une petite pointe de vitesse sur l'autoroute ; un type m'a fait des appels de phares et un autre a sorti son bras par la fenêtre, j'ai continué.

Quelques péripéties et quelques heures plus tard, j'étais dans mon garage en train d'essayer d'oublier mon enquête et ses protagonistes. J'avais laissé la porte entrouverte et Allan s'est glissé dessous.

— Je te cherchais ! Tiens, lis ça. Ce matin après ton départ, le voisin est passé chez nous.

— Quel voisin ?

— Le dermato. Celui que tu mates sous sa douche. C'est une lettre de son avocat, il a porté plainte.

Un ange est passé.

— Pas contre toi, rassure-toi. Contre Modifié.

J'ai posé mon tournevis et pris la lettre qu'il me tendait. Il a pris un ski dans ses mains.

— Je te demande pas ce que tu fais ?

Les skis étaient pour Modifié. Il avait des pieds d'éléphant, les fixations nécessitaient un petit réglage. On verrait plus tard pour les chaussures. Après ma rencontre avec Cassy et après avoir payé mon amende pour excès de vitesse à un policier très tatillon, j'avais eu un énorme besoin de passer chez le traiteur. Je connaissais les horaires de la livreuse. Le patron n'a pas compris pourquoi je me déplaçais au magasin alors que je disais vouloir être livrée, elle si. Fallait vraiment que je pense sérieusement à arrêter de la voir. Cette petite épuisait mes ressources, aussi bien physiques que financières. Allison a franchi à son tour le seuil du garage. Y avait décidément pas moyen d'être tranquille, même dans le garage.

— Vous le voyez pas venir, le gamin ? Il va vous tirer vers le fond.

Son père lui a fait signe de ne pas s'en mêler, elle a haussé ses sourcils.

— Tu sais quelque chose ? m'a demandé Allan. Martha, t'étais au courant ?

— Le pasteur a sonné chez nous ce matin. Il a vu ce qui s'est passé, il pourra témoigner.

— L'avocat parle de coups et blessures.

— Le dermato a glissé. Ce con est un procédurier, c'est le pasteur qui l'a dit. Mais je m'en occupe Allan, ne t'inquiète pas.

— Oh je m'inquiète pas.

Je suis restée un moment seule dans le garage à me demander comment je m'étais retrouvée à m'occuper d'un gosse qui n'était même pas le mien.

Une heure plus tard, Modifié poussait à son tour la porte de chez moi. Il est entré et a retiré ses bottes naturellement. Tout le monde était surpris, sauf moi, je l'avais invité. J'ai ouvert le frigo et j'ai versé une rasade de Big 8 Cola dans un grand verre. Il s'est assis et nous a tous regardés, en finissant par moi.

— Tu sais la chose que je préfère au monde ? il a interrogé.

Allison en avait une petite idée.

— Faire chier le monde ?

— Les gens, il a dit, quand ils sont calmes comme un arbre.

Allison a regardé son père, Allan s'est dirigé vers le four. Ils avaient fait « ses lasagnes » et en avaient profité pour réfléchir aux différentes façons de rendre Modifié à ses parents. Je les avais écoutés du salon. Allan a posé le plat devant nous et s'est adressé à Modifié.

— Tu vas manger avec nous ? a demandé Allan.

Modifié a observé le plat et déclaré :

— Tu sais, des fois, je suis tellement content que je n'ai pas peur de ce qui va arriver quand je vais être mort.

Ça nous en a mis un coup, même à Allison. On a tous baissé les yeux tandis que Modifié secouait la tête en souriant.

— Comment il est tombé le voisin ? a demandé Allan.

J'ai tenté de devancer Modifié. Nos voix se sont superposées.

— La glace.

— La pelle.

— La pelle ? a demandé Allan.

Je me suis tue, Modifié a repris la parole en mimant le geste qui avait envoyé le voisin au tapis.

— Un coup de pelle.

J'ai cru qu'Allan allait exploser de rire. Il a ri très fort. J'ai essayé de limiter la casse.

— Attention, accidentel le coup de pelle, accidentel.

On n'en a pas reparlé. Je ne m'inquiétais pas trop pour Modifié, j'étais plus perturbée par ce que Daniel avait dit au sujet de son père et que je n'arrivais pas à me sortir de la tête. Je me demandais quelles histoires on allait raconter sur moi ? Surtout, qui serait le « On », qui pourrait témoigner de celle que j'étais ? Allan, Allison, Daniel ? Modifié ? Heureusement, mon enquête m'a sortie de ma catatonie. Un coup de fil m'a informée que Mme Hazard venait d'être relâchée par la division des enquêtes criminelles. Une petite visite à son domicile s'imposait, une surveillance discrète. J'avais pour l'instant dépensé plus d'argent que l'affaire ne m'en avait rapporté. Mes contacts étaient gourmands et l'inspecteur Arseneault avait toujours un coup d'avance sur moi. Il n'avait pas convoqué Hazard pour savoir si elle couchait avec Barjal, mais parce qu'il avait mis la main sur l'ébauche d'un roman dans lequel Hazard décrivait le meurtre d'un prof dans la piscine de son école ; plutôt gênant. Le fichier avait été créé avant la mort de Barjal. Il était en revanche difficile de savoir si le passage concernant le meurtre dans la piscine était antérieur à la noyade de Barjal ou s'il avait été écrit après. Hazard lui avait expliqué avoir exploité le manuscrit d'une des élèves de son atelier d'écriture, j'avais tout de suite pensé à Cassy. Je la voyais très bien écrire ce genre de trucs. Ça se tenait. Aux dires d'Hazard, elle avait lu le manuscrit, avait dit à l'élève qu'il était mauvais et avait utilisé la trame pour elle. Faute de preuve tangible de son plagiat, Hazard avait aussi dû se résoudre à balancer le nom de l'élève à Arseneault dit la totale. Hélas, mon contact n'avait pas pu se le procurer. Je me disais que la Hazard avait sérieusement intérêt à se remettre à l'écriture parce que sa carrière d'enseignante semblait désormais compromise. Ça allait glousser dans les rangs quand elle allait demander à ses élèves de signer la traditionnelle charte de l'honnêteté. À la fin du repas, j'ai expliqué à Modifié que le dermato était très fâché et qu'il lui faudrait sans doute retourner parler à des gens bien habillés. Il a fait mine de comprendre, ça m'a suffi. Je l'ai laissé dans la cuisine et suis montée préparer ma visite du lendemain.

Je m'y suis pointée tôt, en prenant bien soin de partir de la maison avant tout le monde. D'un couple et deux bnichons, on était devenus une famille nombreuse. Ma vie foutait le camp. Allan m'a appelée alors que j'attendais devant chez Hazard, il voulait savoir s'il devait vendre son bateau. La question sentait le piège à plein nez. J'ai répondu que non. Il a dit, « Je te rappelle » et il a raccroché. Je n'avais pas bougé. Deux minutes plus tard, il m'a rappelé.

— J'ai jeté un œil aux comptes, faudrait que tu déposes cinq mille avant la fin de la semaine.

— Cinq mille dollars ?

— Non, cinq mille coups de pelle Martha !

Puis il a raccroché. J'avais l'argent, bien sûr, mais si je le mettais trop vite sur le compte il allait se douter que j'avais une caisse noire. D'un autre côté, si je n'obéissais pas, cet enfoiré était capable de me faire un sale coup. Il m'avait coincée. J'ai démarré la voiture ; ce n'est pas l'envie qui me manquait mais j'ai décidé de rester éloignée de l'autoroute et de ses policiers tatillons.

J'ai roulé pendant une demi-heure sans savoir où j'allais et puis j'ai pris la route de la côte. J'ai longé la rivière qui était gelée par endroits. Je suis passée devant Nauwick Cove. La neige s'y était déposée. La route surplombait la rivière, parfois elle s'en éloignait pendant quelques kilomètres pour traverser des quartiers aux maisons identiques. Seules changeaient les couleurs des parements en plastique. Année après année, le plastique remplaçait les planches de bois. Sur les toits, la tôle commençait à succéder au revêtement en goudron. Je me suis garée, je suis rentrée dans le coffee shop tenu par la femme de Barjal et je suis allée m'asseoir à l'extrémité d'une grande table en bois. Une femme est venue me demander ce que je voulais, attaches fines, cul haut et joli sourire, totalement ma came. C'était elle, je lui ai répondu que j'allais prendre un café et un muffin. Une gamine est passée près d'elle et s'est accrochée à sa jambe. Elle a enveloppé la gamine d'un bras, la petite se débattait en riant. C'était touchant. La propriétaire s'est redressée avec sa fille sur son dos et m'a répondu, « Nous n'avons plus de muffin mais nous avons un très bon brownie ». J'ai bu mon café et mangé mon brownie sans gluten en regardant la petite disposer ses peluches au sommet d'un canapé décati. La femme de Barjal n'avait pas l'air si triste que ça mais rien ne permettait de dire qu'elle était impliquée.

Sur le chemin du retour, j'ai repensé à l'anecdote de Daniel. L'histoire du ponton était une histoire vraie : elle comprenait un rebondissement qui lui donnait tout son sel mais que Daniel n'avait pas raconté. J'en connaissais chaque détail et, tandis que je changeais la station de la radio, je me la suis remémorée. À chaque fois, je jubilais. Je crois que mon plaisir venait surtout de l'admiration que j'avais pour J.C. Ses fils avaient eu mon père et celui de Daniel à quinze ans d'intervalle. J'avais à présent dépassé la quarantaine, Daniel allait vers sa majorité et nous connaissions tous cette légende. J.C. n'avait pas laissé des histoires derrière lui, il avait laissé des hommes et des femmes pour les raconter. Daniel et moi en étions.

De retour à la maison, j'ai trouvé Allison dans mon dressing. Pas de chiens en vue. Elle était de dos et j'ai fermé les yeux une seconde pour me préparer à affronter ma VRP en caisses en plastique. Elle s'est retournée et je lui ai souri.

— Bonjour Martha. Père est de sortie. Je ne sais pas quand il va rentrer, il est avec une collègue.

J'ai quitté la pièce pour aller dans la salle de bains. J'ai fermé la porte et ouvert le robinet de la baignoire, sa voix couvrait le bruit de l'eau. Elle devait s'être collée à la porte.

— Sale journée ?

— Non.

— Tu sais ce que je fais quand j'ai passé une sale journée ?

— Tu tapes notre adresse sur ton GPS ?

— Dans le mille ! Je viens t'observer.

J'ai jeté mes fringues sur le sol.

— Tu fais quoi là ?

L'eau était trop chaude et la sensation d'avoir plongé mes pieds, non pas dans un liquide bouillant mais glacé, a mis du temps à disparaître. Puis j'ai augmenté le débit et aspergé mon visage. Elle a haussé le ton.

— Tu m'entends ?

— Oui.

— Je disais, je te regarde et tout va mieux. Tu veux savoir pourquoi ?

L'eau est passée entre mes jambes et sous mes bras, pas encore assez pour me recouvrir complètement.

— Pas vraiment, j'ai dit, mais je crains de ne pas avoir le choix.

— Il suffit de te regarder pour savoir ce que je ne veux pas devenir.

Je suis restée une heure dans ce foutu bain avant de me réfugier sur la terrasse. Assise dans un fauteuil, je tirais sur mon joint quand un cerf est sorti du bois. Il a levé la tête, a jugé la distance qui nous séparait, le danger que je pouvais représenter. Il a baissé ses bois et s'est mis à fouiller la neige. Je devais l'admettre : je n'étais pas faite pour vivre seule, la solitude ne m'allait pas. Vivre avec une fille, j'avais essayé. Évidemment, sexuellement… Mais ce n'était pas tout. J'aimais m'endormir avec un homme. C'était pas une affaire de sécurité, je ne me sentais pas particulièrement protégée avec Allan. C'était autre chose, il savait ce que j'aimais. Il savait fermer les yeux quand il le fallait, me parler, parfois. Des milliers de choses qu'Allison ne connaissait pas et qu'elle n'aurait pas été en mesure de comprendre. Raison pour laquelle je devais arranger les choses avec lui. Allison pouvait ramener toutes les gonzesses qu'elle voulait chez nous, larguer autant de phrases assassines qu'elle pouvait, je voyais clair dans son jeu. Elle cherchait surtout à me faire du mal parce qu'elle ne comprenait pas ce que son père foutait avec moi. Si ça avait été une affaire de cul, elle l'aurait su. Ce n'était pas ça. Ce n'était pas intellectuel non plus. Pas le réconfort, pas la complémentarité. C'était plus que ça. Quand Allan n'avait pas le cran d'aller mettre sa main dans la gueule du dermato, je ne lui en voulais pas. Je comprenais ce qui le séparait de ce genre d'homme. Je n'aurais pas voulu d'un type comme ça dans ma vie, un bagarreur, même si j'aurais peut-être aimé être ce type-là, capable de foutre mon poing dans la gueule d'un con pour un oui ou pour un non. Je me souvenais d'un jour, d'un moment précis.

Allan et moi avions passé un week-end avec des amis dans un chalet à la montagne, à Sugarloaf. On se fréquentait depuis un an. Un soir, notre hôte m'avait draguée. Je l'avais tenu à distance toute la soirée, en restant polie. Il était un peu plus vieux que nous, extrêmement séduisant. Quand Allan m'avait rencontrée, il avait tout de suite su pour ma bisexualité ou devrais-je dire pansexualité. Pendant cette soirée, alors que l'homme essayait de faire courir ses mains sur moi, j'avais surpris le regard d'Allan sur nous. Plus tard, je lui avais demandé ce qu'il avait ressenti. Il m'avait alors expliqué, « Tu connais ces femmes qui ont été amoureuses de leur mari et qui soudain se mettent à le haïr ? ». J'avais hoché la tête sans comprendre où il voulait en venir. « Tu vois, il avait continué, j'ai toujours imaginé que ce serait ça ma vie, que ma vie consisterait à attendre ce moment où ma femme me haïrait. » Il me souriait comme un idiot en disant ça. Puis il avait conclu, « Je ne crois pas que tu pourrais me haïr un jour. Je crois même que tu pourrais m'aimer un jour ». Ces moments qui nous tiennent comme les charnières d'une porte sont des clichés, ils ont rarement lieu. On lit des livres et on regarde des films pour ça, pour entendre parler de ces moments qui n'existent pas. Celui-là avait pourtant bel et bien eu lieu. On n'en avait jamais reparlé. Peut-être qu'Allan l'avait oublié. Peut-être qu'il en gardait un souvenir totalement différent. Ce n'était pas important. C'était mon souvenir, mais comment Allison aurait pu comprendre ça ?

10

Vers dix heures du soir, j'ai quitté la maison. Allan était couché, les chiens dormaient au pied du lit, quand j'ai franchi le seuil de la chambre, ils ont relevé leurs têtes. J'ai dit à Allan que j'allais récupérer le fric qu'on me devait, il a ri. Les chiens ont reposé leurs têtes au sol. J'avais déjà raconté des mensonges plus gros que celui-là.

Le club de strip-tease était calme. Les gens étaient plus intéressés par leur conversation ou par leur verre que par le spectacle. Deux filles dansaient, une sur la grande scène, l'autre dans une petite salle, sur un cube. Je suis allée m'y installer. J'avais commandé un Martini, je faisais tourner mes glaçons en repensant à mes motos sur le mur de la mort et à mon père quand une danseuse s'est approchée de moi. Je la connaissais. Je lui ai gentiment demandé de partir. Les motos et le souvenir des mains de mon père m'avaient foutu le cafard. À l'époque où j'avais découvert l'endroit, le bar était encore dans son jus. Les fauteuils ne tenaient que par la grâce de la lumière tamisée et l'ensemble donnait l'impression d'être l'arrière-boutique d'un garage où des potes se seraient retrouvés pour se servir des bières chaudes. Le bar avait changé depuis. Le Blue Parrot ressemblait à une vieille fraîchement liftée.

J'avais attendu toute la soirée que quelque chose se passe, mais quand elle est apparue, je n'ai pas tout de suite compris que ce quelque chose, c'était elle. Un de mes contacts m'avait dit d'aller faire un tour au Blue Parrot, de surveiller la scène, que ce que j'y verrais m'intéresserait. Le bar s'était peu à peu rempli et j'avais eu du mal à me frayer un chemin vers la grande salle dans laquelle on pouvait voir, sur scène, une fille aux cheveux bleus se tenir immobile. C'était la dernière attraction de la soirée et puisque je ne la connaissais pas, j'aurais dû quitter l'endroit. J'avais pensé que les renseignements de mon contact n'étaient pas bons. La salle était soudain devenue étrangement silencieuse, même les autres danseuses pendues aux différentes barres de l'établissement s'étaient arrêtées. La fille portait une perruque bleue, des faux cils gigantesques et un rouge à lèvres noir. Je ne l'ai pas reconnue tout de suite. Ce n'était pas tant le costume que la façon dont elle occupait la scène. Aux deux seules expressions que les adolescents manifestent habituellement et qui traduisent l'ennui et la joie, la fille aux cheveux bleus en avait ajouté une troisième ; son visage brillait d'une promesse, pas celle de l'aube (le sourire que sa mère lui adressait pour la rassurer), l'autre promesse, celle qui convainc chaque homme qu'il a le sex-appeal de Leonardo DiCaprio. À partir du moment où elle s'est mise à bouger, chacun de ses gestes a semblé la rapprocher un peu plus près des étoiles qui, à bien y regarder, n'étaient que de vulgaires spots encastrés dans le faux plafond. Ce qui d'habitude retient l'attention (la durée pendant laquelle la fille parvient à garder sa culotte) est vite passé au second plan. La fille aux cheveux bleus dansait et la barre paraissait enchantée. Son corps hâlé exécutait chaque grand écart, chaque pirouette, chaque extension ou torsion autour de la tige en métal brossé avec une telle précision que j'en oubliai la foule bigarrée qui m'entourait. Tout était subitement devenu intime, personnel. Comme le regard de Mona Lisa suit chaque visiteur et ne s'adresse qu'à lui, le corps de la fille aux cheveux bleus perçait chaque membre de l'assemblée et paraissait l'inviter à la rejoindre. Le type qui gigotait à côté de moi était Leonardo DiCaprio ; j'étais DiCaprio. Le corps de l'adolescente, puisque ado elle était, ressemblait à un dessin, une esquisse croquée par un portraitiste qui aurait décidé de tout se permettre. À l'approche de la fin, on aurait dit une liane que se seraient disputée deux démons pendus à chacune des extrémités. Les spectateurs, qui étaient restés immobiles et silencieux tout le long, ont alors commencé à dodeliner de la tête. À côté de moi, une femme a dû s'accrocher au dossier d'une des chaises pour ne pas perdre l'équilibre. La fille aux cheveux bleus avait plongé la salle entière dans une sorte de transe. « L'est pas majeure la gamine », m'a glissé une vieille danseuse qui s'était approchée de moi. Elle m'a fait reprendre mes esprits. J'ai regardé la vieille qui ressemblait à la stripteaseuse de la nouvelle de John Cheever. Dans le texte, elle faisait la nique à son patron en arrivant sur scène avec des mains rouges peintes sur sa chatte. Elle a serré son peignoir et elle est partie. J'ai fait comme elle, pour mieux revenir les deux soirs suivants. Un soir n'y aurait pas suffi tant le corps de cette fille contenait de savoirs, de secrets. Pendant qu'elle me tournait le dos, je fixais la jonction entre ses fesses et l'intérieur de ses cuisses. La lumière traversait ce petit losange. Comme un tableau de maître que j'aurais voulu disséquer, je concentrais mon attention sur ce détail pour ne pas me laisser submerger par les émotions qu'elle provoquait en moi. Ses mouvements faisaient de ce renflement un petit val sur lequel mes yeux se perdaient. Après ça, j'ai attendu longtemps avant de revenir au Blue Parrot, plusieurs semaines, trois je crois, trois longues semaines. Le renflement m'a plusieurs fois réveillée au milieu de la nuit ; il appartenait tantôt à une hydre, tantôt à un corps sans tête, saleté de *bipansexualité*.

Entre-temps, j'avais tenté d'avancer dans l'enquête. Tom, le garçon au corps taillé dans un chêne, a été convoqué par Arseneault un mardi matin et libéré dans la soirée. Ce jour-là, j'étais allée acheter un lit. Pendant plusieurs heures, je m'étais battue avec la notice. Le pasteur était dehors, un café à la main, je me demandais s'il lui arrivait de travailler. Je lui avais fait signe. En moins de vingt minutes, le lit était monté. Je ne sais pas ce qu'il m'avait pris de lui demander de l'aide.

— C'est un lit pour la fille de votre mari ?

— C'est pour le garçon.

— Ah oui, le déneigeur.

J'avais essayé de déceler une once de méchanceté ou de sarcasme dans sa remarque. RAS. Il n'y en avait pas.

— C'est ça oui, le déneigeur.

— C'est un bon garçon. Et vous avez du temps.

Il avait regardé par la fenêtre avant de me demander :

— Est-ce que vous travaillez ? Vous ne travaillez pas, non ?

Il faut se souvenir que l'homme passait ses journées en chaussons avec un café dans les mains. Là encore, j'avais décidé de n'y voir aucune insinuation.

— Il veut qu'on l'appelle Modifié.

Le pasteur s'était dirigé vers les escaliers. Je ne voulais pas qu'il se méprenne.

— Je ne m'occupe pas de lui, c'est simplement qu'il lui arrive de venir sans prévenir.

— Moi, tous mes gosses sont venus sans prévenir. Et regardez-moi maintenant, je suis une sorte d'éleveur ; sans femme pour s'occuper de moi.

J'avais souri.

— Ça vous fait rire ? Vous avez raison.

Il n'était pas énervé ni rien.

— Vos enfants, ce sont de bons déneigeurs, eux aussi.

— Il faut bien qu'ils aient une ou deux qualités.

Quand il a eu franchi la porte, j'étais remontée dans la chambre contempler son travail ; je mesurais pleinement le risque que j'avais pris en achetant ce lit, mais il fallait savoir se mettre en danger parfois.

Après ça, j'ai pris la voiture et j'ai roulé vers le coffee shop de la femme de Barjal. Je n'ai pas pris la route de la côte, il neigeait encore et les routes étaient à peine praticables, les écoles étaient fermées depuis trois jours. Hier et encore ce matin Daniel avait eu droit à son article. Deux journaux différents, même traitement. On l'y présentait comme le futur héritier, le digne successeur de J.C. Erwin après des années de gouvernance alternée. Les journaux ne se trompaient pas, c'est bien ce que la famille Erwin voulait. À la fin des articles, les mêmes allusions. Les journalistes ne pouvaient pas dire que Daniel était impliqué dans le meurtre de Barjal alors ils louvoyaient. Le premier avait écrit, « Et si ce meurtre était un présage », le second, « Et si le parfait héritier cachait des zones plus sombres ». Mon estomac avait fait du yoyo quand j'avais lu ça. J'avais jeté les journaux et ouvert mon courrier. Une date, le 25 octobre, mon numéro de dossier ; et des billets, beaucoup de billets. Rien d'autre. Ça ne sentait pas bon. Si je ne trouvais pas un coupable, je pouvais faire un trait sur ces billets tout juste sortis de la machine, repassés comme la chemise d'un premier communiant. J'étais bonne pour les fonds de poche, les machins froissés ou à moitié déchirés. Même l'argent puait la lutte des classes. Je me suis demandé ce que faisaient les riches de leurs billets usagés. J'ai pas trouvé. Au lieu de quoi, j'ai réfléchi à une solution pour sortir Daniel de là. J'avais bien une idée, une idée toute simple. Elle s'était imposée à moi, pas comme une évidence, plutôt comme une maladie honteuse qu'on essaye de se cacher. Modifié. Modifié était la solution à mes problèmes. Le gamin avait le dos assez large pour tout endosser. D'ailleurs, Arseneault était déjà sur le coup, il ne lui manquait qu'un peu d'aide.

Le coffee shop était fermé. Renseignements pris auprès des voisins, la femme de Barjal était partie avec sa fille sans laisser d'adresse. Est-ce que ça cachait quelque chose ? Je suis allée faire le plein de la voiture. J'en ai profité pour acheter les barres chocolatées préférées d'Allan avant de reprendre la direction de la maison. Je n'arrivais pas à me calmer. Le pire, c'étaient pas les articles. Le pire, c'était ce que ni mon employeur, ni Daniel ne savaient ce que j'avais découvert au Blue Parrot et que je taisais depuis. Je voyais déjà les gros titres, la mère de Daniel partir en vrille et la famille Erwin se tirer dans les pattes. Fallait que je réagisse. Je ne voulais pas passer ma vie à photographier des gamines fourrer leur langue dans la bouche de gamins de leur âge pour le compte de vieux porcs qui n'assumaient pas leur jalousie ou leur perversion. Je me suis remémoré le meilleur souvenir de Modifié. La question lui avait été posée en voiture. Nous étions arrêtés à un feu rouge et

Allan avait voulu le distraire alors qu'il observait un raton laveur étendu mort sur le trottoir. Allan avait confié que son meilleur souvenir était la fois où, dans une boîte de nuit, un top model lui avait soufflé à l'oreille, « Tu parles pas beaucoup, mais qu'est-ce que tu penses ! ». Mon meilleur souvenir était cette histoire dans ce chalet de montagne avec Allan mais je le gardais pour moi, aussi précieusement qu'un vœu d'enfant. J'avais répondu que c'était le jour où mon père m'avait emmenée dans les bois. Modifié avait réfléchi sans détacher son regard du raton laveur.

— Le jour où ma mère d'avant a fait des gâteaux. Y avait du Big 8.

Je savais qu'il avait été adopté à l'âge de sept ans.

— Tu te souviens de ça ?

— Je crois oui.

J'avais toussé pour faire redescendre la boule dans ma gorge. « Sa mère d'avant », c'étaient des mots simples, des mots qui disaient sans juger.

Entre Modifié et Allan, mon esprit s'encombrait de choses inhabituelles. Au lieu d'enquêter, je passais les deux tiers de mon temps, assise à mon bureau ou dans la cuisine, à réfléchir en vain ou à assembler un lit, à chercher des emmerdes là où il n'y en avait pas. Heureusement, les cris d'Allan m'ont une fois de plus sortie de mes ruminations.

— Martha, c'est une plaisanterie ? Viens là tout de suite !

Je me suis avancée dans le bureau. Allan tenait la feuille que j'avais placée sur le lit et où j'avais écrit, « Pour Modifié ».

— Comment t'as payé ça ? il a demandé. Le compte est toujours pas renfloué et t'achètes un lit pour ce gosse !

— Un type me devait de l'argent.

— Un type ! Ta vie est pleine de types Martha, je te demande pas d'où sort ce… type et son argent, ni ce que t'as fait pour lui.

Allan me poussait à la faute. Sa fille s'en est mêlée, elle criait du rez-de-chaussée.

— Père ?

— Des photographies, voilà, t'es content Allan, des photos.

J'ai jeté l'une des barres chocolatées sur le lit mais il n'a pas mordu à l'hameçon. Il est passé devant moi et je l'ai suivi dans le couloir jusqu'au sommet des marches.

— Père ?

— Quoi Allison ?

Allison a fait un signe de tête. Modifié était dans l'entrée. Elle venait de lui ouvrir. Trop occupés à hurler, nous n'avions pas entendu la porte s'ouvrir. Allan a fondu sur lui.

— Ah tu tombes bien, suis-moi toi !

Une fois en bas, il l'a pris par la manche et lui a fait monter les marches deux par deux. Les chiens ont suivi. Je savais où il l'emmenait. Je suis descendue pour me réfugier dans la cuisine. Je l'ai entendu lui gueuler :

— Regarde, mais regarde.

Je me suis assise sur un tabouret. Quand Allan débordait, il débordait. Allison s'est assise en face de moi. J'étais fatiguée. J'ai ouvert la barre chocolatée que je n'avais pas lancée sur le lit.

— Vas-y, sors-la ta vanne, j'ai dit en mâchonnant.

Rien de ce qu'Allan et Allison disaient n'avait de sens et tout était prétexte à humiliation. Ils prenaient tous les deux un malin plaisir à me *bara-rata-tiner*.

— Je n'ai rien à dire. Je suis zen, complètement absorbée par la décoration de mon appart. Tu sais, l'argent que père est en train de t'extorquer.

— M'extorquer, tout de suite les grands mots.

Elle avait bouffé les vitamines du bonheur.

— C'est donc pour toi le fric ? J'aurais dû m'en douter.

— Tu croyais quoi Martha ? Ne te fais pas plus naïve que tu n'es.

Je n'avais jamais dit « Grandis ! » à personne, jamais. Je n'aimais pas les adultes qui disaient ce genre de choses, souvent des vieux rassis qui voulaient à tout prix voir les jeunes abandonner la plus belle part de leur existence pour leur ressembler. Je ne l'avais jamais dit mais la journée n'était pas encore terminée.

— C'est formidable, profites-en.

J'ai sorti mon téléphone de ma poche.

— Qu'est-ce que tu croyais Martha, que je n'allais pas te faire payer ?

— Me faire payer ?

— *Qui* est-ce qui m'a obligée à dormir dans ton dressing pourri pendant des semaines ?

Il fallait que je résiste. Je le pouvais.

— Mais je ne suis pas rancunière Martha, ne t'en fais pas.

— Je suis rassurée. Et à part ça *darling*, tu as passé une bonne journée ?

Je n'entendais plus Allan.

— Avec père, on pensait que tu nous rapporterais plus que ça, heureusement je sais me contenter de peu.

— Bonne journée donc, tu m'en vois ravie.

— Évidemment, y aurait bien un moyen de te prendre un peu plus de pognon. Mais je ne vais pas me rabaisser à te faire du chantage, menacer de raconter à père que tu forces un peu trop sur la livraison à domicile.

J'ai cessé de respirer.

— De quoi tu parles ?

— De toi et de la livreuse, sur le canapé du salon. Tu veux que j'te fasse un dessin ?

— Non, ça va aller.

— Comment tu peux ? Pas pour la livreuse, les goûts ça se discute pas, mais ce canapé, comment tu peux ? C'est un clou. Y a pas plus inconfortable pour baiser ! J'espère que ça te dérange pas, je vous ai un peu regardées, au cas où j'aurais pu apprendre deux trois trucs.

Je n'ai pas pu me retenir.

— Bordel Allison, grandis ! C'est vrai quoi, j'ai dit d'une voix déjà honteuse, grandis, merde !

Elle m'a fixée avec mépris. J'aurais fait la même chose si j'avais été à sa place. Je lui en voulais de déterrer ce qu'il y avait de pire en moi. Je l'ai regardée sans rien dire, je n'en ai pas eu le temps, Allan venait de redescendre sans Modifié.

— Martha ?

— Si c'est pour te foutre de moi Allan, prends un ticket et attends ton tour comme tout le monde.

Il avait la tête du gosse qui vient avouer une énorme connerie à ses parents.

— Tu devrais monter le voir, il a dit. Il est… Va voir, vite.

Je l'ai trouvé les genoux au sol, le front contre le lit que je venais d'acheter. J'ai fait sortir les bnichons d'Allan en shootant dedans. Modifié mettait des petits coups de tête sur le matelas. Plusieurs petits coups, puis un gros suivi d'un gémissement, et de nouveau plusieurs petits. Je me suis approchée et me suis assise sur le lit.

— Tout va bien. Calme-toi.

Il a continué comme ça pendant plusieurs minutes. J'ai répété la même chose deux ou trois fois. Il était rentré dans un cycle. J'ai fini par lui demander d'arrêter.

— Tu vas me rendre folle, calme-toi.

Il a ralenti et a levé les yeux vers moi.

— Ma mère, mes cheveux.

Il a passé sa main dans ses cheveux. Ils étaient gras. C'était la première fois que je les voyais, son bonnet était tombé. Il voulait que je passe ma main dans ses cheveux gras.

— Jamais de la vie.

Il m'a suppliée :

— Mes cheveux…

Allison était à la porte. Je me suis approchée de Modifié et j'ai passé ma main dans ses cheveux gras, rien que pour la faire chier. J'ai vu qu'elle était perturbée par la scène. Elle est restée quelques secondes, puis elle est partie. Modifié a posé sa tête sur mes genoux. En fin de compte ses cheveux n'étaient pas si gras que ça. J'ai entendu Allan et sa fille enfiler leurs manteaux et la porte a claqué.

Modifié s'est rapidement endormi. Je l'ai poussé dans le lit tout habillé. Le pasteur a répondu à son téléphone. Je savais que la plus grande de ses filles faisait du baby-sitting et qu'elle n'avait pas école le lendemain. Quand elle est arrivée, j'avais eu le temps de prendre une douche. Je l'ai fait monter à l'étage, lui ai montré Modifié, je l'ai présentée aux chiens qui essayaient de lui grimper dessus, puis j'ai refermé la porte de mon bureau et j'ai écrit mon numéro de téléphone sur un papier.

— Appelle-moi s'il se réveille, immédiatement.

— Il est dangereux ou quoi ?

— Appelle-moi ; et donne-lui du Big 8 Cola, y en a trois bouteilles pleines au frigo.

— Ce truc est dégueulasse.

Je l'aimais bien la petite. Elle m'a demandé :

— C'est quoi son nom ?

— Modifié.

— Hein ?

— Tu sais quoi, laisse tomber. Dis juste « tu » et ça ira très bien. Et puis, tu me téléphones tout de suite s'il se passe quelque chose. D'autres questions ?

— Tu réalises qu'il est plus vieux que moi ?

— Et alors ?

Elle a haussé les épaules.

— Donc je *baby-sit* quelqu'un de plus vieux que moi.

Elle a encore haussé les épaules, plus lentement cette fois-ci. Elle était *ok* avec ça.

Le Blue Parrot était bondé. J'ai dû glisser un des billets bien lisses du groupe Erwin dans la main du videur qui m'avait annoncé « Soirée spéciale ». Puis un autre pour un gonze en costard à deux balles dont le job était de protéger l'accès aux loges. En coulisse, les filles se baladaient en peignoir. Certaines fumaient, d'autres étaient face à leur miroir. J'ai croisé la vieille stripteaseuse. J'ai tourné la tête pour qu'elle n'engage pas la conversation. La fille aux cheveux bleus avait droit à une loge individuelle, j'ai frappé à sa porte. En me voyant, elle a reculé d'un pas, comme moi si j'étais tombée sur le fantôme de ma mère à une intersection de rue. Après quelques politesses, la fille aux cheveux bleus s'est calmée. Je me suis installée dans un fauteuil, sa loge était douillette. J'ai tranché dans le vif :

— Tu sais combien pèse Daniel ?

Elle n'a pas eu l'air de comprendre ma question.

— Argent, biftons, flouze, fraîche, maille.

Elle a baissé les yeux. Sa métamorphose n'était pas encore achevée. La perruque bleue était posée devant le miroir et ses yeux n'étaient pas fardés.

— Cassy, tu fais prendre un gros risque à Daniel.

— À Daniel, et moi alors ?

Elle s'est mise à pleurer. Je n'ai pas bougé.

— Je te demande pas pourquoi, pourquoi tu fais ça. J'ai pas à entendre tes excuses.

— Des excuses ! Vous savez d'où je viens ?

— Je sais oui.

— Non, vous savez pas.

— C'est touchant, mais tu veux pas m'épargner ton couplet de Cosette ?

— Je ne sais pas qui est Cosette. Ce que je sais c'est que mon père est mort quand j'avais trois ans, trois ans, vous m'entendez ?

— Je sais.

— Ma mère, ma mère, elle a jamais bossé. J'ai toujours menti sur mon adresse. J'ai jamais dit à Daniel où j'habitais, jamais. La honte, vous connaissez la honte ?

— Oui, oui, c'est tragique Cassy.

— Vous n'avez pas de cœur, Daniel a raison. Vous savez pourquoi je viens ici ? Pour me faire du fric, argent, biftons... j'en ai besoin.

— Tout ça c'est des excuses.

— Pas du tout ! J'en ai besoin ! Vous pouvez pas comprendre, je suis pas comme vous, moi, je suis pas une mendiante.

J'ai ressenti un petit pincement au cœur. Rien d'alarmant.

— Une mendiante, voilà. Bon, Cassy, résumons : tu veux pas que Daniel pense que t'es avec lui pour son fric donc tu t'es dit que la meilleure des choses à faire, c'était de te produire dans un club de strip-tease, c'est ça ?

— Je pensais que vous étiez une amie.

— Épargne-moi ce couplet-là aussi, tu veux ? Tu m'utilises depuis le début.

Elle a semblé à court de munitions.

— Arrête la comédie Cassy, t'es pas sur scène.

Elle a plissé ses yeux, s'est retournée vers le miroir.

— Ton père n'est pas mort quand t'avais trois ans, t'avais quatre ans et demi. Ta mère a occupé cinq postes différents, elle a été serveuse chez Rocky, elle a fait des photos de nu pour un site en ligne appelé Caty...

— Stop !

Elle me regardait dans le miroir.

— J'ai un dossier long comme mon bras sur toi. Je répète : c'est des excuses tout ça.

Cette fois, elle a pris le temps de peser la situation.

— Pourquoi des excuses ?

— Parce que tu ne veux pas admettre que tant que tu seras avec Daniel, tu ne seras jamais rien d'autre que la fille pendue à son bras, celle dont les gens ont le prénom sur le bout de la langue mais ne se souviennent jamais, celle qu'il aura sortie de son trou à rats.

— Et puis ? Quoi d'autre ?

J'avais l'impression qu'elle prenait plaisir à jouer à ce jeu de massacre.

— Et puis Daniel sait. Si je sais, Daniel sait.

— Il sait pour quoi ?

— Il sait d'où tu viens, qui tu es, tes parents. Il sait tout.

— Pour ça aussi ?

Elle avait levé la tête et regardait autour d'elle.

— Non, pas pour ça, enfin, je crois pas.

Son visage est devenu moins dur.

— Si tu crois que ça me fait plaisir de venir te dire ces trucs...

Elle a pris la perruque dans ses mains et a passé ses doigts sur les coutures intérieures. J'ai jeté un coup d'œil à mon téléphone, pas d'appel de la voisine.

— Vous savez, en fait, c'est pas faux, quelque part, je crois que j'aime ça.

Elle s'est regardée dans le miroir.

— Me déshabiller.

— Bien sûr que t'aimes ça, j'ai dit. Tous les gens aiment faire ce pour quoi ils sont doués.

— Vous pensez que je suis bonne à ça, vraiment ?

— T'es pas bonne, t'es la déesse du strip-tease Cassy.

Elle s'est détendue. Si elle n'était jamais revenue voir Daniel jouer au football américain, ce n'est pas parce qu'elle avait fui la foule comme je l'avais d'abord cru, c'est parce qu'elle avait fui une foule qui n'était pas là pour elle. J'ai enfoncé le clou :

— Tu sais ce que Modifié fait le mieux ?

Elle s'est mise à me faire un grand sourire, le sourire que j'attendais. Fallait que je capitalise sur ce sourire et que je sauve cette gamine.

— Non, quoi ?

— Se servir d'une pelle. Il déblaye les allées pleines de neige comme personne.

— C'est vrai ?

— Un de mes voisins l'appelle le déneigeur, et le dermatologue qui vit à ma droite est même allé jusqu'à témoigner qu'il avait le meilleur coup de pelle de la région. Je te montrerai un jour. En attendant Cassy, faut te rhabiller.

Elle s'est crispée.

— T'as pas à dire adieu à tout ça, pas pour toujours. Si Daniel t'aime, il te donnera ce que tu veux, tout ce que tu veux, mais pour l'instant, Daniel est encore fragile, tu le sais très bien. Et il n'a pas toutes les cartes en main.

Elle a lâché la perruque.

— Pas tout de suite, il ne peut pas *encore* te protéger. Alors faut l'aider.

Je ne sais pas ce qu'elle a compris. Je n'allais tout de même pas lui dire que la mère de Daniel engagerait des tueurs à gage pour se débarrasser d'elle si elle découvrait ce que sa potentielle belle-fille faisait de ses soirées. Ma famille était aussi riche que brutale parfois. Peut-être pour ça que j'avais préféré m'en écarter, comme mon père qui n'avait pas travaillé longtemps pour le groupe. Cassy a fini par se couvrir. Trois billets de plus pour exfiltrer la petite aux bottes en plastique bicolores et à la perruque bleue.

Quand on a été sur le trottoir, je pensais avoir fait le plus dur mais une surprise m'attendait à côté de ma voiture.

— Je savais bien que c'était toi.

— Qu'est-ce que tu veux Allison ?

— Une rallonge.

J'ai immédiatement fouillé dans mes poches. Elle a poursuivi en observant Cassy qui tenait mon bras.

— Tu pourrais pas avoir un sac à main comme toutes les vieilles de ton âge ?

J'ai déverrouillé les portes de la voiture et fait signe à Cassy de monter à l'intérieur. Allison a observé Cassy marcher lentement vers la voiture. Je l'ai prise par la manche pour la tirer à l'écart.

— T'as arraché une page de *Playboy* ? elle m'a demandé. Félicitations ! C'est autre chose que ta livreuse ! T'es passée de la mobylette à l'avion de chasse. Elle doit te coûter une blinde celle-là.

— Pas un mot de tout ça à ton père.

— Ça dépend, t'as combien dans tes poches ?

Encore cinq billets pour avoir la paix.

Après avoir déposé Cassy chez elle et fait le bilan de ce que m'avait coûté ma soirée, je suis allée faire un tour avec ma voiture sur le ponton de Nauwick Cove. Il y avait des lueurs sur l'île en face. Daniel n'avait pas raconté la fin de l'histoire du plongeur, or c'est elle qui permettait de comprendre pourquoi cette anecdote était devenue l'examen du barreau de la famille Erwin. Un après-midi d'été, alors que le père de Daniel se trouvait sur le ponton de Nauwick Cove, l'un des maîtres nageurs sauveteurs de la petite plage était venu s'immobiliser devant lui. Le père de Daniel avait vingt-cinq ans. Le maître nageur l'avait salué. C'était en juillet, le père de Daniel venait de finir ses études et il hésitait à s'envoler pour l'Europe. Un poste l'attendait au sein du groupe Erwin mais son désir était ailleurs. Une chose retenait pourtant le père de Daniel, une fille. Il venait de rencontrer la mère de Daniel. Il ne savait pas encore qu'il allait l'épouser l'été suivant.

— C'est la première fois que je vous vois ici, lui avait dit le maître nageur.

Le type le fixait alors le père de Daniel lui avait demandé :

— Quelque chose ne va pas ?

— Je vous connais.

— Vous me connaissez ?

— Oui, vous êtes le petit-fils de J.C.

Le père de Daniel avait trouvé curieux que le jeune homme appelle son grand-père J.C. mais il était pressé. Ses amis lui avaient donné rendez-vous sur la plage pour le prendre sur leur bateau à moteur. La mère de Daniel serait dessus. Le père de Daniel tenait une bouteille de champagne dans sa main droite, un pull dans l'autre. L'histoire tenait de la légende et chaque détail était important.

— Vous vous souvenez pas ?

— Pardon.

— Vous vous souvenez pas de moi ? On s'est rencontrés une fois. C'était ici.

Le père de Daniel était quasi certain de ne jamais avoir croisé l'homme qui lui parlait. Il avait une bonne mémoire des visages. Il avait fini par se tourner pour faire face au maître nageur qui n'attendait que ça pour commencer son récit.

— C'était là, juste là.

Le père de Daniel avait compris que le maître nageur était venu lui parler pour se rappeler à lui. Alors il avait de nouveau regardé l'homme, longiligne, ses cheveux bouclés, son nez long et mince, légèrement courbé, et ses yeux entre deux couleurs. Puis il avait regardé ses pieds.

Des images avaient soudain afflué dans son cerveau, la gêne avait pris le pas sur le plaisir de retrouver un souvenir de son grand-père. Il n'était pas sûr de ce dont il se souvenait, c'était un souvenir refoulé. Il n'était pas souvent revenu sur ce ponton depuis son enfance. Sa famille n'amarrait pas leur bateau par ici et il fréquentait habituellement une autre plage. Le père de Daniel avait progressivement laissé tomber ses épaules, les traits de son visage s'étaient détendus.

— Vous vous souvenez, avait soufflé le maître nageur.

Ce n'était plus une question.

— C'était vous, le plongeur ?

— C'est ça.

Les hommes s'étaient regardés.

— J'ai grandi depuis.

— Un peu, oui.

Ils s'étaient de nouveau regardés et avaient ri.

— Mon grand-père était un sacré enfoiré, non ?

— Pourquoi vous dites ça ?

Le père de Daniel avait observé un bateau s'approcher, ce n'était pas celui de ses amis.

— Je crois que je sais pourquoi vous dites ça, c'est pour ça que je suis venu vous parler.

— Alors vous n'avez pas oublié le billet de cinq ? Cet enfoiré achetait tout le monde, tout le temps ; c'était plus fort que lui.

Comme le maître nageur ne disait rien, le père de Daniel avait demandé :

— Vous lui en voulez ?

— Si je lui en veux ?

— Il a fait le coup à d'autres, rassurez-vous.

— Je connaissais J.C. avant cette journée.

— Quel enfoiré.

Il s'était repris.

— Qu'est-ce que vous avez dit ?

— Je connaissais J.C. avant ce jour-là. Il venait souvent ici. Un jour, il m'avait dit qu'il aimait venir sauter de ce ponton quand il était gosse, comme moi. Il m'avait raconté des tas de trucs. Quand on est gamin, tout le monde est déjà vieux, mais votre grand-père avait ce sourire quand j'allais sauter. J'ai jamais connu mes grands-parents. Je trouvais ça cool d'être vieux comme ça, et puis votre grand-père, j'arrivais à l'imaginer quand il était gamin, à cause de son sourire.

— Vous le connaissiez bien ?

— Une fois, il m'avait dit qu'il pourrait me verser un salaire pour me regarder sauter. J'avais trouvé ça bizarre mais il avait ajouté : « L'insouciance de la jeunesse n'a pas de prix. » J'avais répondu que je ne pouvais pas accepter d'argent d'étrangers, que ma mère m'avait fait jurer.

Puis le maître nageur avait ouvert grand la bouche ; aucun mot n'en était sorti. Une sirène s'était fait entendre au loin.

— Ce sont mes amis.

Le père de Daniel avait levé la bouteille de champagne.

— Je suis en école d'ingénieurs, avait lâché le type.

— Félicitations.

Le père de Daniel avait calé la bouteille sous son bras. De sa main droite, il avait ensuite fait signe en direction du bateau. Sa future femme était à l'avant.

— Enchanté d'avoir fait votre connaissance.

Quand il s'était approché du bord du ponton pour rejoindre la plage, le maître nageur l'avait pris par l'épaule.

— Attendez, il faut que je vous dise quelque chose.

Le père de Daniel s'était brutalement arrêté. Ses amis sur le bateau avaient continué à faire du bruit et l'un d'eux avait sauté sur le sable pour venir à sa rencontre.

— Ne me dites pas que...

— Ma dernière année de lycée, le jour de ma remise de diplôme, un homme en costume cravate est venu me voir à la sortie du lycée. Il m'a dit qu'il était l'exécuteur testamentaire de J.C. Il a dit que mes études supérieures allaient être prises en charge. Je crois que j'ai bafouillé « Mais il est mort » ou quelque chose comme ça, et puis l'homme en cravate m'a expliqué les dispositions prises par J.C. avant sa mort.

Le maître nageur regardait le père de Daniel et le père de Daniel regardait le ciel.

— J'ai jamais raconté ça à mes parents.

L'ami du père de Daniel venait d'arriver.

— Pourquoi vous me dites ça ?

— Ils pensent que j'ai un prêt étudiant.

— Pourquoi vous me dites ça sur J.C. ?

— Je sais pas, c'était il y a longtemps mais je me souviens de votre visage dans la voiture.

Les deux hommes étaient restés sans parler quelques secondes et l'ami du père de Daniel s'était approché. Il avait serré le père de Daniel dans ses bras, lui n'avait pas bougé. La bouteille de champagne avait glissé de sa main avant de se briser sur le ponton. L'histoire était vraie, le maître nageur travaillait maintenant pour le groupe Erwin. C'était un fidèle lieutenant, je n'avais jamais eu à enquêter sur lui.

Difficile de dire combien de temps j'ai mis avant de repartir. En revanche, je me souviens très bien de cette chose stupide que j'ai faite quand je suis rentrée : je me suis assise sur le lit de Modifié. Sa respiration était lourde. Il n'y avait pas de stores dans le bureau. Je ne savais pas si c'était la lumière de la lune ou celle de la rue qui éclairait la pièce comme ça. J'ai passé ma main dans ses cheveux. J'ai dû faire ça relativement longtemps parce qu'Allan m'a surprise. J'ai entendu le parquet craquer derrière moi.

— C'est donc ça, l'instinct maternel. Tout ça pour ça ?

C'était déjà assez méchant mais il a quand même ajouté :

— À ton âge Martha… à ton âge, quand même.

Je me suis relevée et je suis allée dans notre chambre.

— Je croyais que tu serais allé dormir chez ta fille, j'ai dit en me plantant devant le lit.

Il s'est assis dessus et a commencé à caresser ses bnichons.

— Elle a pas voulu de toi, c'est ça ?

— Elle s'installe avec Paula, elle ne veut pas réduire ses chances. Je voulais rester chez elle pour un temps.

Il a regardé le plafond comme si la réponse à nos problèmes y était écrite quelque part.

— Je vais sans doute aller passer quelques jours sur mon bateau.

— C'est une bonne idée, tu l'adores ce bateau.

D'un coup, il s'est levé, s'est placé en face de moi, a posé sa main sur ma bouche et m'a jetée sur le lit en faisant sortir les chiens d'un claquement de doigts. Il a maladroitement retiré sa chemise, j'ai relevé ma jupe sur mes hanches.

Quelques années après notre mariage, Allan avait arrêté de me faire l'amour. Je lui avais demandé s'il n'y trouvait plus son compte. Il avait regretté l'expression. « Notre relation n'a jamais été romantique, il avait protesté, mais là tu exagères. » Sexe et parole ne sont pas les meilleurs compagnons. Le sexe, c'est une main qui s'agrippe à un rideau, un genou qui cogne sur un parquet. La parole, un profond fauteuil en cuir, froid d'abord, puis vite trop chaud. J'avais quand même insisté. Je ne voulais pas qu'il aille voir ailleurs. L'idée qu'il puisse avoir des sentiments pour une autre femme me répugnait. L'imaginer suer sur une autre aussi. Il m'avait finalement avoué que, peut-être, son désir pour moi avait quelque chose à voir avec le fait de vouloir me faire un enfant, et qu'en abandonnant cette idée, son désir s'était éteint. Je m'étais moquée :

— Tu me punis parce que je peux pas te donner un enfant ?

— Non Martha, c'est pas ça.

Allan avait son livre sur les genoux ; il n'avait pas osé le reprendre. Pour le faire réagir, j'avais fini par demander :

— Pourquoi tu ne te contentes pas de me baiser ?

Puis j'avais ajouté :

— Comme un homme.

J'avais voulu dire, « Comme n'importe quel homme », mais ma langue avait fourché. Il avait posé son livre sur la table de nuit, s'était glissé sous les draps et m'avait tourné le dos. La convalescence avait été longue. Un mois plus tard, il y était quand même revenu :

— Je pensais que, comme tu préférais les femmes…

— Et donc, puisque j'aime aussi les femmes, je n'aime pas me faire sauter ?

— Qu'est-ce que j'en sais moi !

En revanche une chose était sûre, Allan venait bel et bien de répondre à mes attentes, et dans les grandes largeurs. J'ai redescendu ma jupe sur mes cuisses et me suis adossée à la tête de lit.

— Il nous faut de nouvelles règles.

Je n'avais pas la moindre idée de ce que ça signifiait. Les chiens ont timidement fait leur retour dans la chambre.

— Oui, tu as raison, j'ai dit, de nouvelles règles.

11

— Alors je m'accroche. Pour pas dormir. Je me tiens. Tu sais ce qu'arrive avec les rêves qu'on se rappelle pas ?

Dans un bol, j'avais mis des céréales et du lait d'amande par-dessus, comme j'aurais fait pour les chiens d'Allan. Ils étaient aux pieds de Modifié. À eux aussi le gamin faisait de moins en moins peur apparemment. Les poings de Modifié étaient serrés, il souriait.

— Tu t'accroches ? À quoi tu t'accroches ?

— Au sommeil. Je m'accroche, pour pas dormir.

Il a regardé le bol et a demandé si c'était du lait.

— Pour pas dormir ?

— Après je dors, c'est du lait ?

— Du lait d'amande. T'es pas allergique aux amandes ?

Il a froncé les sourcils.

— Tu peux y aller, ça va pas te tuer. Pourquoi tu veux pas dormir ?

— Je veux flotter avant. Je crois qu'ils reviennent, tu sais, les rêves.

Son visage illustrait assez bien ce qu'on appelle l'extase. Il a plongé sa cuillère dans ses céréales et a continué à parler la bouche pleine pour me demander :

— Tu t'es déjà empêchée de t'endormir même si t'es fatiguée ?

Allan m'a fait un clin d'œil et m'a glissé en souriant :

— Pas plus tard que maintenant. C'est quoi cette conversation ?

— Et pousser la neige, tu aimes pousser la neige, non ? j'ai demandé.

— Oh oui ! Et les arbres, regarder les arbres. Et les seins de Cassy aussi. Sont chauds.

On s'est regardés avec Allan, il m'a demandé :

— Qu'est-ce qu'il a dit ?

— Et le Big 8 Cola ? j'ai repris.

— Big 8, pour sûr.

Modifié était un extra-terrestre. Il vivait bien comme nous sur la terre, mais il menait son existence hors sol. Le vocabulaire qu'il utilisait, les règles qu'il suivait, sa façon de dire, de penser, tout chez lui était en décalage. Ignorant de nos ambitions habituelles, il poursuivait des buts, mais sans plan général. Quand il venait dégager mon allée, il ne le faisait pas pour obtenir une récompense, ni même pour nous faire plaisir, il dégageait mon allée parce qu'il fallait dégager mon allée. C'était son but, rien d'autre. Je crois que c'est pour cette raison que les écoles avaient un plan pour lui, un programme « modifié ». J'avais consulté son dossier et lu son plan d'apprentissage personnalisé. Il y avait une liste d'aménagements par matière. Un ordinateur était à sa disposition mais Modifié ne l'utilisait pas. Les évaluations se passaient à l'oral, l'écrit n'était pas son fort. La plupart du temps, les profs constataient l'échec de leur plan. Modifié était « capable d'apprendre, pas d'organiser ses connaissances ». C'était ce qui était écrit. Je l'avais vu fonctionner, c'était un gamin intelligent, il savait s'adapter. J'avais vu des tas de gamins s'en sortir honorablement au lycée, l'adaptation, en revanche, c'était une autre affaire. Mais s'adapter dans le cas de Modifié ne voulait pas dire se conformer. Il ne pouvait tout simplement pas participer au jeu social, se soumettre lui était difficile, pas par orgueil, plutôt par manque d'intérêt. Il se foutait des récompenses qui accompagnent et justifient la soumission, clé du jeu social. Fin de l'histoire. Modifié était donc un extra-terrestre, un habitant de notre planète, mais un habitant sans racines, sans attaches, sans interdépendances. À mes yeux, il flottait.

Je m'étais souvent demandé quelle perception il pouvait avoir de lui-même. Un jour, dans ma voiture, je lui avais posé la question. Il avait demandé pourquoi. J'avais imaginé qu'il voulait savoir pourquoi je l'interrogeais à ce sujet. Je m'étais expliquée :

— Je sais pas, comme ça, tu penses bien quelque chose de toi, non ?

— Non, je pense rien. À quoi je devrais penser ?

Je l'avais cru sincère, il ne voyait pas ce que je voulais dire, tout simplement parce qu'il ne passait pas son temps à se demander comment les autres le jugeaient. Son ventre dépassait de son tee-shirt, son bonnet était vieux, on le regardait bizarrement, il paraissait ne pas s'en rendre compte. Il ne cherchait pas non plus à savoir ce qu'il pensait de lui-même.

— T'es un gamin extra, j'avais répondu.

— Ah oui ?

Il avait eu l'air étonné. Ma remarque n'avait pas flatté son ego, pour ça, il aurait fallu qu'il la considère comme une opinion. Ma remarque était une information. Si j'avais déclaré quelques secondes plus tard, « T'es pas très futé », il aurait sans doute accueilli la nouvelle avec le même détachement. Les opinions étaient contradictoires, pas les informations.

Au départ, je n'avais pas compris pourquoi ses parents adoptifs ne nous avaient pas contactés, pourquoi ils ne s'étaient pas inquiétés de ses disparitions et n'avaient pas cherché à savoir où il passait ses soirées et parfois ses nuits. J'avais finalement compris. Modifié ne dépendait de personne, il allait librement, ils l'avaient accepté. C'était une sorte de chien errant. Que savait-il des parents qui l'avaient abandonné à l'âge de sept ans ? Très peu sans doute. Il vient toujours un jour où on se résout à aller gueuler sur la tombe de sa mère, je ne savais pas si cette date était inscrite dans son calendrier. Je l'ai envié. Sa marginalisation avait été progressive. « Il est un peu en retard sur son âge », avait-on expliqué à sa mère, « Il ne sera pas doué pour le sport », à son père. Sa maîtresse les avait secoués, pendant que Modifié attendait derrière les portes de la classe en compagnie d'une collègue, « Il est différent ». Le trajet du retour avait été silencieux, ses parents avaient pensé à toutes les choses qu'ils ne verraient pas, tous les mots qu'ils ne prononceraient pas, « On est fiers, bien sûr ». Ils avaient commencé leur deuil, et dans leur cas ils s'étaient progressivement détachés. Modifié avait vu leur regard changer, la colère, la frustration devenir de la pitié. Ils n'y pouvaient rien. Comme une tache sur une nappe blanche. Ses parents auraient pu retenter leur chance, essayer d'avoir un autre enfant, écouter leurs amis demander, « Et le petit dernier, ça va toujours à l'école ? ». Ils ne l'avaient pas fait. Au lieu de ça, ils s'étaient débarrassés de Modifié, même si ce n'était pas aussi simple. Je me demandais si Modifié y pensait, et à quelle fréquence.

À l'inspecteur Arseneault, Tom n'avait pas dit grand-chose. Il avait donné le nom d'une de ses amies, une certaine Julia avec qui il était le jour où Barjal était mort. Tom ne se souvenait plus où. En revanche, il était certain d'avoir passé le déjeuner avec elle et l'une des caméras de l'école en attestait. Sur la vidéo, on le voyait se diriger vers la piscine mais ce n'était pas assez épais pour Arseneault. Il avait dû fouiller du côté de Julia : une fille très sportive, un appareil dentaire transparent, les cheveux rentrés dans un bonnet à la mode et des fesses moulées dans un collant noir très serré. Le type que j'avais engagé pour m'aider l'a interceptée un vendredi. Arseneault ne pouvait pas utiliser mes méthodes, elles auraient foutu sa procédure en l'air, je pouvais l'aider. Je l'avais déjà fait, j'allais continuer. Quand Julia a quitté l'entraînement de basket, mon type l'attendait dans une des ruelles adjacentes. Il avait son propre camion et ses manières, efficaces. En quelques secondes, la gamine s'est retrouvée assise sur une chaise et ligotée dans le camion. L'atmosphère du fourgon est propice aux confidences. Le goût de la corde dont on devine qu'elle a macéré dans des bouches étrangères, le grincement de la chaise sur la tôle du plancher, l'odeur d'urine et l'écho tombal des voix constituent un gros plus. En vingt minutes Julia avait tout balancé. Tom avait fait le coup avec elle et une autre personne. C'était un accident, ils ne voulaient pas. Elle s'était ensuite reprise : ils n'étaient que deux, deux et pas trois. Tom et elle avaient piqué les fringues de Barjal pendant qu'il nageait dans la piscine de l'école. Tom voulait ridiculiser Barjal en l'obligeant à sortir en maillot de bain dans les couloirs de l'école, mais Barjal les avait surpris. Ils s'étaient battus, Barjal avait glissé, il s'était cogné sur l'une des marches. Je savais que la police avait trouvé des traces de sang sur la marche la plus haute. Julia avait alors suggéré de le foutre à poil, les ados ont de ces idées. Ils lui avaient donc retiré son maillot de bain et l'avaient jeté dans la piscine. Le type cagoulé avait demandé confirmation sur le nombre, « Vous étiez deux ou trois ? ». « Deux », avait-elle répété. Ce que Julia ne savait pas, c'était que Barjal était encore vivant quand ils l'avaient balancé à l'eau. Barjal était mort noyé. Le choc lui avait seulement fait perdre connaissance. Mes gars non plus ne le savaient pas.

Les types que j'employais étaient des professionnels, ils connaissaient les risques du métier et je payais le prix fort pour que le job soit bien fait. Pas de soldes, pas de : « Une adolescente enlevée, une offerte ». Le type avait enregistré la déclaration de Julia comme l'aurait fait n'importe quel inspecteur. À la différence près que cette déposition n'avait aucune valeur puisqu'elle avait été obtenue sous la contrainte. Peu importe, Julia avait parlé, elle parlerait encore. Il suffirait de poser les bonnes questions. Ça tombait bien, Arseneault allait bientôt les recevoir. C'était à mon tour d'avoir un coup d'avance mais j'étais bonne joueuse.

Alors que je me démenais pour le sortir d'affaire, de son côté, Daniel continuait de bûcher sur mon énigme. Il avait trouvé ce que la forêt avait de spécial. La forêt dans laquelle l'homme avait été retrouvé mort en combinaison de plongée avait brûlé. Pour autant, il n'avait pas résolu le mystère et je savais qu'il ne m'appellerait pas tant qu'il n'avait pas trouvé la clé. Ça me laissait un peu de temps. Il m'en fallait aussi si je voulais « sauver mon couple », comme on dit.

Un soir où Modifié était chez ses parents et où Allison roucoulait avec Paula, Allan était passé chez le traiteur pour acheter des côtes de porc. Il avait dressé la table dans le salon salle à manger. Je regardais les côtes et me rappelais coupablement le cul de la livreuse quand il me l'a annoncé.

— Je vais quitter mon travail.

— C'est une idée extra.

La perspective de commencer ces côtes m'aurait fait dire n'importe quoi.

— Tu penses à ce que tu dis ?

J'ai regardé le plat comme je regardais parfois ces filles aux hanches de feu marcher dans la rue, mais Allan voulait discuter.

— J'ai toujours voulu écrire. Tu sais ce que ça demande d'écrire ?

J'ai eu envie de dire des couilles mais il a commencé à se servir. J'ai préféré la fermer. Ma tactique semblait être la bonne.

— Ça demande du temps. Et c'est pas avec mon travail dans les bureaux que je peux en avoir.

Il a reposé la grosse fourchette dans le plat sans avoir pris une côte.

— Tu dis rien ?

— Si, tu devrais écrire.

Allan n'était pas satisfait de ma réponse. Il a planté la fourchette dans les côtes et s'est enfin servi.

— Qu'est-ce que tu as fait des chiens ? j'ai demandé.

— Daniel est passé à la maison.

Il m'a tendu la fourchette en poursuivant.

— Incroyable comment il a grandi. Tu l'as vu récemment ?

J'ai levé les yeux sur Allan. Il était adepte de ce genre de petits jeux. J'ai posé la fourchette une seconde pour tenter ma chance.

— Une fois, par hasard.

— Martha, vous avez mangé ensemble à plusieurs reprises.

J'avais tenté ma chance, j'avais perdu. J'ai essayé de rester digne alors qu'il parlait plus fort.

— Il t'a présenté sa copine. Cassy elle s'appelle.

— Ah oui, je me rappelle. Où sont tes chiens Allan ?

— Tu te sers pas ?

J'ai repris la fourchette. Ça ne l'a pas ralenti.

— Daniel m'a tout raconté.

— Tu veux pas juste manger ?

— Mon Dieu Martha, tu veux pas arrêter tes conneries ? Daniel m'a raconté pour l'enquête et pour le reste.

J'aurais été curieuse de savoir si Allan avait acheté les côtes de porc avant de savoir qu'il allait me torturer ou après. Et puis il y avait autre chose.

— C'est un homme maintenant, j'ai dit.

— Un homme tu parles, un ado. Un ado avec un chauffeur et un garde du corps. Pourquoi on n'a pas ça nous aussi ?

— Qui voudrait d'un garde du corps quand on a Modifié ?

— Fais pas la maligne. Tu sais ce que je veux dire. Ils savent pas quoi faire de leur pognon et on vit comme des moins-que-rien. Un peu de vin ?

— Je vais leur parler, tu as raison.

J'ai fait non de la tête pour le vin rouge.

— Mange tes côtes, elles vont être froides.

— Te fâche pas Allan mais je me demandais, c'est pas tes chiens que t'as cuisinés ?

— Très drôle. Allison a pris les chiens pour la soirée.

Il a fait disparaître un énorme bout de côte dans sa bouche et a continué à parler en mâchant :

— Elle a aussi pris le petit fauteuil de ton bureau. Et Daniel veut te voir demain, sans faute. Mange.

— J'ai plus vraiment faim.

J'ai poussé la viande avec le bout de ma fourchette.

— Ah, et on a un message sur le répondeur. Les parents de ton garde du corps, justement. Ils ont reçu une convocation pour leur fils, l'histoire avec le dermato je crois.

Je me suis levée avec mon assiette.

— Ils annoncent de la neige pour cette nuit, il a ajouté.

— Beaucoup ?

— Pas mal. Je préparerai un truc chaud pour le gamin. Il va venir hein ?

— Je sais pas Allan, je sais pas.

— Moi je crois qu'il va venir.

— Dans ce cas, n'oublie pas, il est allergique au lait.

— J'oublie pas.

— Je vais mettre la pelle à la porte du garage.

J'ai fini la conversation depuis le vestibule.

— On devrait se regarder un film après.

Dans le garage, j'ai essayé de faire le point sur la situation. Autrefois, notre maison avait été un refuge, avec l'arrivée d'Allison, elle était devenue un lieu de passage, mi-hôtel, mi-restaurant. Les rituels avaient volé en éclats. Allison les avait piétinés, il n'en restait plus rien depuis qu'elle était retournée dans son appartement. J'aurais pu comparer ça à une épilation à la cire. Allison aurait apprécié la comparaison, pas Allan. Malgré ça, la présence de Modifié et de cette pelle que je tenais ressemblait à une résurgence, un poil qui aurait timidement décidé de sortir de son follicule. Se dire que l'avenir de mon couple dépendait d'un gamin qui portait un bonnet flanqué de deux oreilles de chien m'a fait frissonner.

Une fois de retour dans la cuisine, j'ai recouvert mes côtes de papier aluminium et placé l'assiette dans le frigo à double porte. Allan était encore à table, le nez dans son assiette. Il a dit quelque chose. Je n'étais pas certaine d'avoir bien entendu, ni si ses mots m'étaient adressés.

— Allison est une manipulatrice. Ma fille est une manipulatrice, il a répété.

Je ne savais pas si c'était encore un de ses pièges.

— Pourquoi tu dis ça ?

— Je ne sais même pas par où commencer.

Il avait presque fini de manger et faisait tourner le rouge dans son verre, une manie décidément. Il semblait y lire ses pensées comme dans du marc de café.

— Allison traverse une passe difficile.

— C'est ça, épargne-moi tes fadaises Martha. Allison est une salope.

Je ne suis pas facilement décontenancée mais là, il m'avait scotchée. J'ai accusé le coup. Il y allait fort. J'ai fait quelques pas dans sa direction, je voulais être sûre d'avoir bien entendu.

— Si tu te voyais Martha ! Ta tête, tu me fais rire, remets-toi. Je dis ça affectueusement, mais ma fille est une salope, non ?

— Si c'est dit affectueusement, j'imagine que…

— Je sais, je devrais laisser les autres dire ça. Je devrais l'aimer aveuglément.

— Tu peux aussi faire comme tu le sens.

— Je suis désolé de t'avoir demandé de réclamer du fric à ta famille.

— J'allais pas le faire, tu me connais.

— Quand même.

— Allan, faut que tu récupères tes dégénérés de chiens. Elle va les laisser crever. Tu le sais ?

On a passé une heure à choisir un film mais quand on est finalement tombés d'accord, il était trop tard pour le regarder. Je voulais me lever tôt.

J'avais mis mon réveil pour ne pas manquer le spectacle. La neige était tombée toute la nuit, par rafales, elle avait recouvert la face nord des maisons, les arbres et tout ce qui s'était interposé entre elle et le sol. Assise sur ma chaise, à la fenêtre de notre chambre, j'ai repensé à Cassy.

Deux jours plus tôt, elle m'avait envoyé un message ; elle voulait me parler. J'étais allée la chercher à la sortie de l'école, en bonne mère de famille. Il ne lui avait pas fallu trente secondes pour m'avouer en pleurs :

— J'y suis retournée.

J'avais préféré lui épargner les « Où ? » et « Pourquoi ? ». Elle avait voulu se justifier, me parler de la somme qu'ils lui avaient proposée, le triple du montant habituel. J'avais coupé court à ses excuses bidons et lui avais annoncé que si elle ne se décidait pas à le dire à Daniel, je serais obligée de le faire. Je n'en avais aucune envie.

— Moi qui pensais que vous étiez sensible.

Je m'étais mise à rire.

— T'en as un sacré culot, petite. Tu m'as dit que je n'avais pas de cœur. Tu te rappelles ?

— C'étaient des mots.

Je m'étais penchée au-dessus d'elle pour ouvrir la portière de son côté de la voiture et la pousser à l'extérieur mais elle avait aussitôt refermé la portière.

— Excuse-moi Martha, je sais plus où j'en suis.

Elle s'était pliée en deux pour venir poser sa tête sur mes genoux. J'avais regardé autour de moi. Il y avait encore des élèves qui sortaient de l'école, des parents dans leurs voitures, des enseignants aux portes des bus.

— Qu'est-ce que tu fous bordel Cassy ?

Elle s'était relevée.

— Ça me fait de la peine ce que tu me dis, t'es un peu comme ma mère.

— Arrête ton char...

Son visage s'était fermé et avait subitement changé d'expression. Elle avait laissé tomber le vouvoiement et passé sa langue sur ses lèvres. J'avais instinctivement reculé ma tête. Je n'aurais pas eu plus peur si un type bourré avait démarré sa tronçonneuse à quelques centimètres de mes oreilles.

— Je suis contente que tu en parles la première Martha. Non, tu n'es pas comme ma mère et on sait toutes les deux que ce n'est pas ce genre de lien qui nous lie.

Elle n'avait pas sa perruque mais la petite garce n'en avait pas besoin. En une seconde, comme un nuage change un petit lac paisible en une grande étendue d'eau menaçante, elle s'était métamorphosée, une vraie plante carnivore.

— J'ai longtemps eu peur de me l'avouer, de nous l'avouer, elle avait déclaré en faisant la moue.

Et dire que cette même enfant portait des bottes en plastique bicolores. J'avais l'impression que quelqu'un avait passé mes jambes à tabac et enfourné un sèche-cheveux dans ma bouche. Dans ma tête revenaient les souvenirs du renflement secrètement logé en haut de ses cuisses. Elle m'avait souri et j'avais détourné le regard. C'était donc ça qu'on appelait la confiance en soi et qui m'avait manqué toute ma jeunesse. Adolescente, chaque fois qu'un garçon me tournait autour, mon père m'expliquait, « Martha, n'oublie jamais ce que veulent les garçons en s'approchant de toi, ils veulent avant tout coucher avec une Erwin ». Mon père m'aimait, je n'en doutais pas. Sinon, pourquoi aurait-il pris la peine d'atténuer son propos avec un « avant tout » ? Souvent, si l'un d'entre eux me disait qu'il m'aimait et si je m'en vantais auprès de mon père, il me répondait, « C'est ce qu'il croit ». Je l'ai dit, mon père m'aimait et ne doutait pas de moi. Il ne lui serait jamais venu à l'idée de me répondre, « C'est ce que tu crois ». Seulement, mon père mettait en doute le monde entier. Les Erwin comme les autres. Pour ça qu'il avait refusé de faire partie du « groupe » ou de jouer le jeu familial. Pour ça qu'il n'avait eu de cesse de me mettre en garde. Oh bien sûr, outre les ravages sur ma confiance en moi, il n'est pas interdit d'imaginer que ses paroles aient eu un lien, même lointain, avec ce qu'Allan appelait ma misanthropie. Mais que voulez-vous, mon père était tout ce que j'avais.

J'ai cessé de penser à Cassy et à mon adolescence singulière en voyant arriver Modifié. Il était six heures du matin, il faisait encore noir. J'avais laissé la grosse lumière au-dessus de la porte du garage allumée, elle baignait une bonne partie de l'allée. Il avait son bonnet fétiche sur la tête, pas de gants, le col de son manteau était ouvert. D'où venait-il comme ça, à pied dans le froid et la nuit ? Visiblement, des bus roulaient déjà à cette heure matinale. Est-ce qu'il avait dû prendre des correspondances ? Est-ce qu'il avait nettoyé l'allée de ses parents adoptifs avant de venir nous voir ? Je l'ai regardé monter l'allée, traverser les lumières de la rue pour venir sous celles de notre garage. J'étais assise sur ma chaise, calée entre le rideau et la fenêtre. Il traînait son pied, on aurait dit un aventurier du Grand Nord comme ceux qu'on voit à la télévision. Mais un aventurier un peu gauche.

— Il est là ?

J'ai passé ma tête par le rideau pour qu'Allan m'entende.

— Oui, il est là, tu peux te rendormir.

Allan s'est tourné dans le lit et a parlé entre les draps.

— C'est un bon gamin, un bon gamin.

Modifié a pris la pelle. Il l'a chargée une dizaine de fois, très lentement, à moitié, pour faire deux petits tas de neige de chaque côté de l'allée. Après cet échauffement, il a levé la tête, a regardé autour de lui, tout était calme dehors. Il était l'unique acteur de ce décor. Même le vent s'est arrêté un instant. Rien que pour Modifié, tandis que la neige continuait à tomber à la verticale. Tout était en ordre. Allan aurait eu matière à écrire plusieurs livres s'il avait été assez courageux pour se lever et assister à la scène. La pelle s'est enfoncée plus profondément, jusqu'à racler le sol. Il n'a pas plié les jambes, il ne se servait que de ses bras. D'un coup, une énorme gerbe est sortie de sa pelle. Le spectacle pouvait commencer.

Quand Modifié a fait sa première pause, il a légèrement ouvert son manteau et de la vapeur s'en est échappée, de longues volutes de fumée. Une image est venue me frapper, celle de mon père, coupant le bois derrière notre maison. Mon père avait toujours refusé de s'occuper des affaires du groupe Erwin, comme il avait refusé l'aide de la famille quand on avait eu des problèmes d'argent. Ma mère était partie quand j'avais dix ans, le temps de comprendre qu'elle n'avait pas misé sur le bon cheval. J'étais un dommage collatéral, le gain mineur qu'on choisit de mettre dans sa poche ou de laisser au croupier. Ma mère m'avait laissée au croupier. Mes souvenirs d'enfance étaient encore accompagnés d'un goût rance, raison pour laquelle je les convoquais avec méfiance. Mais ce souvenir-là, celui de mon père coupant du bois, était doux. J'ai caressé le tissu du rideau de notre chambre. Je revoyais mon père, le corps fumant, entassant le bois dans l'abri qu'il avait construit. Avec Allan nous n'avions pas de poêle à bois, seulement un tas de bois, derrière notre maison, juste en face de la terrasse. Un charpentier était venu construire un abri cinq ans plus tôt. En tombant sur la facture, Allan avait demandé, « Ça, c'est le prix de l'abri à bois ? ». Et de m'expliquer ce que je savais déjà, à savoir que nous n'avions pas besoin de bois. Je m'étais contentée de répondre, « C'est le prix ». Je ne sais pas s'il avait compris ce que cet abri représentait pour moi mais il n'avait rien ajouté. Finalement, j'étais comme J.C., j'aimais mettre un prix sur des choses qui n'en avaient pas ; un plongeur sur le ponton de son enfance ; un rayon de soleil sur la réplique de l'abri à bois d'un père disparu ; ou un déneigeur protégé par un bonnet paré d'oreilles de chien. Le prix à payer pour cette dernière bricole ne m'avait pas encore été communiqué.

Une fois l'allée déblayée, Modifié avait préféré aller dans le salon pour prendre son petit déjeuner. Allan était en face de moi. Il avait de larges cernes, moi aussi, mais c'est les siens que je voyais. La famille d'Allan n'avait jamais rien acheté sans faire de crédit, ça nous avait fait rire au début de notre relation ; j'étais la riche héritière, lui le gamin pauvre. Puis les choses s'étaient compliquées. Je ne pouvais pas foirer l'affaire qui m'avait été confiée, Tom et Julia devaient tomber. Il le fallait, pour protéger Daniel et pour Allan aussi. Si ça ne marchait pas, je serais obligée d'envoyer le gamin au casse-pipe. Je n'avais pas le choix. Modifié ne méritait pas ça mais s'il y avait une chose dont la vie se moquait éperdument c'était bien du mérite. J'espérais que Julia n'avait pas menti, qu'ils n'étaient bien que deux dans le coup, non trois, et dans l'éventualité où elle avait menti, j'espérais qu'elle saurait protéger le troisième coupable comme elle l'avait déjà fait.

12

Je n'avais pas de courrier dans ma boîte postale secrète et Arseneault, toujours pas de coupable. Il avait reçu une lettre anonyme décrivant des événements liant Tom, Julia et Barjal. La lettre était rudement bien ficelée ; normal, je l'avais écrite. Pour autant, Arseneault n'avait pas bougé, pas encore. Après avoir pris son petit déjeuner, Modifié avait grimpé en voiture. Une fois devant Saint-Georges High, il m'avait reproché de le déposer en retard à l'école. Je n'avais, selon lui, pas pris la bonne route, il avait visiblement oublié que nous avions dû nous arrêter en chemin pour observer un chasse-neige déblayer un parking. Dix minutes de déblayage. J'avais voulu lui dire que la gratte était responsable de notre retard. Je n'avais rien dit. Il fallait le voir coller son visage à la vitre pour admirer le travail des engins. Je l'ai déposé et j'ai filé retrouver mon rendez-vous.

La librairie était un petit local chaleureux. En plus des livres exposés sur des étagères bon marché, il y avait des vinyles rangés dans des caisses en bois. J'avais ma main dans l'une des caisses quand Daniel est entré. Ce n'est pas lui que j'attendais.

— Qu'est-ce que tu fais là ?

— Tu ne sais pas ? il a lancé froidement.

— Tu n'as pas cours ?

J'ai retiré mes mains de la caisse.

— Je ne sais pas, à toi de me dire ?

Mes bras sont devenus lourds. J'ai souri à la propriétaire de la librairie qui avait levé la tête de son cahier de comptes.

— Daniel, je ne comprends pas.

Il a marché vers moi.

— Même ça tu le fais mal. Me suivre, c'est aussi ton travail pourtant, non ?

Quand une tempête approche, j'ai tendance à me recroqueviller. Sur un bateau, je ne suis pas le genre de marin à attraper un cordage au hasard, bomber le torse et sourire pendant que les vagues fouettent mon visage. Plutôt celui qui court dans sa cabine et cherche sa bouteille de whisky ou celui qui prie s'il connaît une prière et qui attend. Daniel s'est adressé à la propriétaire.

— Tu fumes ?

Elle a répondu que non. La fille était grande et mince, la trentaine. Daniel a sorti un billet, je n'ai pas vu la couleur. J'aurais parié que le billet était bien repassé. La fille l'a mis dans sa poche. Elle avait presque le double de son âge mais elle tremblait comme une gosse de cinq ans devant son gros oncle barbu. L'argent qui tombe du ciel produit cet effet sur les gens.

— Va fumer, je m'occupe du magasin.

Elle a ralenti son pas quand elle l'a entendu ajouter :

— Personne ne rentre.

Elle a répété la phrase, « Personne ne rentre » et elle est sortie. L'argent a son propre langage.

— Je t'aimais bien Martha. Tu sais pourquoi je t'aimais bien ?

Daniel n'était plus le gamin qui venait me supplier de lui donner une énigme à résoudre et je ne pouvais plus lui extorquer un baiser en échange d'un indice.

— Je sais pas pourquoi je viens t'expliquer ça.

Il a plongé ses mains dans la caisse devant moi.

— Tu dis rien ?

Je savais qu'il allait utiliser contre moi tout ce que je pourrais dire, mais j'étais condamnée à parler. Il était venu pour ça, un bon éreintage. Lorsque mon père me reprochait quelque chose, il disait, « Qu'est-ce que tu penses de ce que tu as fait ? » ou « Est-ce que tu le referais ? ». J'aurais préféré qu'il me tende un bâton pour que je me frappe avec.

— Tu veux que je t'offre un disque ? j'ai demandé naïvement.

— T'es drôle Martha. Remarque, c'est ironique.

— Pourquoi ?

J'aurais préféré le bâton, cent fois le bâton.

— Tu veux m'offrir un disque, me faire un cadeau avec mon propre fric. Ironique, non ?

Il était difficile de savoir s'il regrettait sa saillie. Il s'est un peu calmé et a dit :

— T'étais la seule à qui je pouvais parler.

— Ah oui, on parlait bien tous les deux.

— Je me comprends. Les employés du groupe me parlent comme si j'étais déjà le patron.

— Tu es déjà le patron.

— Je veux que je suis le patron. J'en ai ma claque d'être en première ligne et de ne pas savoir ce qui se trame. C'est ce que j'ai dit à mon père et au conseil.

— Comment il va ton père ?

— Qu'est-ce que ça peut te faire ?

Il a fait une pause. Je pouvais voir qu'il n'était pas fier de lui. Il regardait dans la rue par la vitre du magasin.

— J'ai tout lu. Et tu sais par quoi j'ai commencé ? Toi ! Les affaires sur lesquelles tu as travaillé. Tu savais qu'ils ont une pièce où ils gardent tous les dossiers sensibles ?

J'avais toujours pensé qu'ils ne conservaient aucune trace de tout ça. J'ai tenté de sauver la face.

— Qu'est-ce que tu penses de ma prose ?

— Même mes profs. Y a toujours cette chose quand ils me parlent.

Il a cherché le mot un moment.

— Sauf Barjal, lui, il avait pas encore les codes. Il me parlait comme à un élève normal.

— C'est pour ça qu'il est mort ? j'ai demandé.

— Pourquoi tu dis ça ?

— Je ne sais pas, simple question.

— Tu poses des questions alors que je te paye pour me donner des réponses. Pourquoi tu travailles pour nous d'ailleurs ?

— J'ai commencé à travailler pour J.C. pour gagner de l'argent, faute de mieux. Et puis je me suis perdue.

— Alors j'imagine que je dois te traiter comme une employée à partir de maintenant.

C'est la phrase qui m'a fait le plus mal. Il l'a prononcée sans vouloir me blesser. C'était pire que tout le reste. J'ai fait oui de la tête, il s'est tourné.

— Daniel.

Il s'est arrêté à la porte.

— Tu te rappelles l'énigme de David et Kelly, morts dans leur appartement ?

— Les poissons rouges ? il a demandé.

— Les poissons rouges. Trois jours. Tu as séché pendant trois jours sur cette énigme. Trois jours de vacances à la neige. Sur les remontées mécaniques, dans ton lit, à table, ton père n'en pouvait plus que tu me poses des questions. Tu sais pourquoi tu as séché ?

— Parce que j'avais sept ans.

— Les conventions Daniel. Dans ton esprit, David et Kelly ne pouvaient pas être des animaux.

— Qu'est-ce que tu veux dire ?

— Mon père s'est battu toute sa vie contre les conventions. Mais crois-moi, on n'échappe pas aux conventions.

Certaines fois une conversation produit du sens, plus de sens qu'une réflexion. Je n'avais jamais pensé à mon père en ces termes.

— Je pensais que t'étais revenue vers moi pour faire la paix. T'es revenue pour l'argent et tu viens me parler de conventions !

— Écoute Daniel, si tu veux être le boss, alors contrôle tes émotions pour me parler, mais si tu veux rester mon ado de cousin qui vient me dire que je l'ai blessé, dans ce cas, arrête de jouer au monsieur, tu veux bien ?

Daniel a quitté la librairie. J'ai remonté la fermeture Éclair de ma parka et je suis sortie à mon tour. La propriétaire du lieu nous a observés quelques secondes, assise sur le trottoir. Daniel a traversé la route. J'ai laissé passer une voiture qui a projeté de la neige fondue brune sur les bas de caisse des voitures en stationnement. Une femme, la trentaine, manteau de fourrure, est passée devant Daniel, elle lui a souri en le reconnaissant. Je l'ai rattrapé et je lui ai pris le bras. Il s'est dégagé.

— Mon père arrête pas de dire que t'as pas de cœur et je passe mon temps à lui dire qu'il se trompe.

— Il ne se trompe pas.

Il s'est mis à gueuler.

— Tu vois ! Tu vois ! Je sais jamais si t'es sincère ! T'étais pas comme ça quand j'étais gamin.

— Cynique ?

— Appelle ça comme tu veux. T'étais différente. Et tu veux que je t'avoue un truc ? Je savais que ton père nous aimait pas mais je l'aimais bien. Tu veux savoir pourquoi ?

— Dis-moi.

— Parce qu'il te laissait passer certaines vacances avec nous.

— C'est vrai qu'il lui arrivait de se laisser attendrir.

Il s'est tourné vers moi.

— Mon père dit aussi que t'es gouine.
— Rien d'autre ?
— Tu n'as aucun respect pour le travail des autres, mais tu n'as jamais travaillé.
— C'est toi ou ton père qui parle là ? Tu sais quoi, peu importe. Tu ferais mieux d'arrêter de me payer pour ce travail que je ne fais pas.
Il m'a regardée. J'aurais dû parler.
— Très bien, si c'est ce que tu veux.
Et il a filé.

Le lendemain matin, des policiers sont allés chercher Tom et Julia à l'école. J'étais assise à mon bureau devant un écran, les offres d'emplois défilaient quand le téléphone a sonné.
— Il a demandé un placement.
— Quoi ?
— Monsieur Prager.
La personne reniflait dans le téléphone.
— Qui ?
— Votre voisin.
J'ai mis du temps à percuter.
— Vous êtes la mère de Modifié ? Pardon, je vous entendais mal. Le dermato a demandé un placement ? C'est insensé. Mon voisin a demandé que votre fils soit placé ?
— Oui.
Elle a reniflé un peu plus fort.
— C'est le juge, il vient d'appeler. Je ne savais pas à qui en parler, mon mari est parti à un entraînement de hockey.
— J'arrive.
— Vous voulez mon adresse ?
— Oh oui, bien sûr.

Je lui ai dit que je prenais un stylo et j'ai fait semblant de noter une adresse que je connaissais déjà.

Après être passée chez les parents adoptifs de Modifié, je me suis rendue en ville. Mon futur employeur m'a regardée de la tête aux pieds avant de me poser quelques questions, pas celles qui lui brûlaient les lèvres. Il ne m'a pas demandé mon âge par exemple. Le type devait être désespéré, l'annonce n'était pas récente. Il m'a dit qu'il me prenait à l'essai, j'ai épelé mon nom, il m'a demandé mon numéro d'assurance sociale et m'a dit de revenir le lendemain à neuf heures. Un dernier coup d'œil : mes cheveux, il faudrait que je les attache. « Pas un problème », j'ai dit.

Je suis rentrée, j'étais tranquillement installée dans le salon quand Allison est arrivée avec les chiens. Pas un instant de répit. Elle a commencé les civilités.

— Tu as gagné.

Les chiens m'ont sauté dessus pour me lécher le visage. Les pauvres bêtes étaient comme moi, à court d'amis. Peut-être qu'elles étaient vraiment contentes de me revoir. Hélas pour elles, ça ne changeait rien, je ne pouvais pas les piffrer, c'était pas ma faute. Allison a repris :

— Tu es contente j'imagine ? Ne me dis pas que tu n'es pas contente, tu jubiles. Je ne suis plus dans tes pattes maintenant.

Elle s'est assise sur un fauteuil en face de moi.

— Pourquoi tu commencerais pas par te calmer ? Tu cherches ton père ?

— Même lui je l'emmerde.

— Tu te fais des idées. Tu veux peut-être me dire ce que tu fais là ?

— Martha, tu es l'incarnation de l'égoïsme. Quelqu'un t'a déjà dit ça ?

— Toi sans doute.

Elle s'est relevée et m'a fait face.

— Martha, tu tires mon père vers le bas.

— J'imagine que ça nous fait un point commun.

— Paula est partie.

Elle s'est alors tournée vers un mur. J'avais l'impression d'assister à l'une de ces pièces de théâtre qui vous rappellent combien le métier de comédien est difficile.

— Elle n'aime pas les chiens elle non plus ?

— Martha, est-ce que tu m'écoutes ?

Elle s'étranglait, pour de faux.

— Paula est partie.

Un des chiens s'est allongé à côté de moi sur le canapé.

— Je ne savais pas que tu l'aimais à ce point. Regarde ce chien, j'ai dit, je le fous par terre et il revient avec la langue dehors.

— Je crois que je vais quitter l'appartement et revenir vivre ici avec vous.

Elle s'est assise sur l'accoudoir d'un des fauteuils.

— Ça ne fait qu'une semaine que tu es partie.

— J'ai besoin de père.

Elle ne me laissait pas le choix, il fallait agir vite.

— Est-ce que tu veux que je parle à Paula ?

— Elle est déjà avec une autre fille, une Mandy, je crois. Je la suis sur Instagram.

— Qui est-ce que tu suis, Paula ou Mandy sur Instamachin ?
— Instagram. Mandy, tu m'écoutes ou pas ?
— Fais pas ça.
— Quoi ?
— Suivre Mandy sur Instaaa… Tu crois vraiment que c'est une bonne idée ?
— Martha, ça ne te regarde pas.
— Je dis ça pour toi Allison. Ça commence avec le compte Instram de Mandy, et en moins de deux tu vas te retrouver sur le compte de… la sœur de Mandy à, je ne sais pas moi, à épier le réaménagement de son salon, ou de sa cuisine. Peut-être même que tu vas te mettre à rêver d'une carrière dans le design d'intérieur.
— Comment tu sais que cette salope de Mandy a une sœur ?
— Je ne sais pas, c'est une simple hypothèse. C'est pas ce que je voulais dire.
— Qu'est-ce que tu racontes Martha, dis-moi ce que tu sais sur la sœur de Mandy.
— Rien ! Je me fais mal comprendre. C'est la faute des magazines de ma coiffeuse, faut vraiment que j'arrête de lire ces merdes. Et puis, tu sais quoi Allison ? T'as raison, fais ce que tu veux.

Elle n'a rien trouvé à rétorquer, quelque chose clochait. Le gilet vert pomme que j'avais sur les épaules n'aurait même pas mérité d'être porté pour repeindre un plafond et elle n'avait encore rien dit. Ses yeux s'étaient pourtant posés dessus à trois reprises, minimum, depuis le début de notre conversation, ça devait méchamment la démanger. J'ai suggéré :

— Et un chien, t'as jamais pensé à prendre un chien ?

— Pourquoi un chien ?

— Je sais pas, j'ai lu un article là-dessus. Un chien de rupture ils appellent ça. T'aurais ton propre chien.

— C'est une race spéciale, ces chiens de rupture ?

— Je ne crois pas.

On s'est mises à réfléchir. J'avais utilisé toutes mes cartouches.

— L'article sur les chiens, c'était aussi dans le magazine de ta coiffeuse ?

J'ai fait non de la tête. Elle a laissé passer un temps puis a demandé :

— Tu ferais ça, parler à Paula ?

Je ne savais pas si elle me manipulait, mais après tout, ça m'était égal. Elle a insisté :

— C'est bien ce que tu as dit Martha ?

— Bien sûr, je peux essayer de lui toucher un mot, tu es un peu ma fille.

Le sarcasme reste le meilleur des lubrifiants.

— Un peu oui, c'est vrai Martha.

J'avais toujours pris Allison pour une conne, une chose droite, courte et maniérée. Je me trompais, peut-être qu'elle était plus tordue que je ne pensais.

— Tu fumes ? j'ai demandé.

Allison m'a regardée. Je me suis levée en lui faisant signe de s'asseoir. J'avais oublié de rouler un nouveau joint d'urgence, le dernier m'avait secourue la fois où je m'étais battue avec elle. J'ai posé la boîte en fer sur la table basse et sorti l'herbe que j'ai passée dans un petit *grinder* en inox.

— Pas un mot à ton père.

J'ai disposé la feuille à cheval sur le bout de mes doigts. Elle est restée muette pendant que je le roulais. Je l'ai laissée l'allumer.

— Vas-y mollo.

Elle m'a rendu le joint.

— Si tu veux vraiment rester avec Paula, faut te montrer fragile.

— Déjà fait.

Les chiens s'étaient répartis entre elle et moi, ils étaient gentiment affalés sur nos genoux.

— Paula ne sait pas trop ce qu'elle veut faire de sa vie, fais-lui croire que tu es son projet.

— Genre ?

Elle a violemment tiré sur le pétard.

— Eh, doucement ! Genre tu écoutes ses conseils, elle te donne des directions, et tu la laisses croire qu'elle te guide, qu'elle t'aide. Paula est plus vieille que toi, fais-lui sentir qu'elle est plus mature.

Les choses s'apaisaient et je commençais à me détendre mais notre séance a été interrompue par un appel téléphonique. Je devais filer presto. J'ai demandé à Allison de faire disparaître les preuves de notre petite réunion et j'ai attrapé mes clés de voiture.

Quand je suis arrivée à l'adresse indiquée par l'agent de sécurité, un type a pointé une grosse lampe sur mon pare-brise. Il a fait le tour de la bagnole et m'a fait signe de baisser ma vitre. Je lui ai expliqué pourquoi j'étais là, il a ouvert les grandes grilles qui protégeaient l'entrée de l'entrepôt. À ce moment-là, un autre gonze est sorti d'un préfabriqué, il a tendu son bras en direction d'une place de parking. C'est lui que j'avais eu au téléphone, un rouquin, corpulence moyenne.

— Les flics vont pas tarder.

— Je croyais qu'on avait un arrangement ? j'ai dit.

— Ils ont été avertis par le système d'alarme, je leur ai dit que c'était une fausse alerte mais ils ont insisté pour venir voir. C'est la procédure.

Modifié était assis sur une banquette qui avait fait son temps. J'ai voulu le réconforter, je n'ai rien trouvé de mieux que de poser ma main sur son épaule. Il s'est levé, je lui ai dit de se rasseoir, que j'avais un truc à régler. Le rouquin a fait le tour d'un bureau qui dégueulait de paperasses, je l'ai suivi. J'avais placé les billets dans une enveloppe que j'ai posée sur l'une des piles de documents. Le rouquin a ouvert l'enveloppe, puis il a poussé les piles avec son avant-bras et s'est mis à compter les billets de cinquante devant moi.

— Je veux plus le voir ici, la prochaine fois, je serai pas aussi gentil.

Il a remis l'argent dans l'enveloppe, j'ai eu envie de lui fourrer ailleurs.

— Il est dérangé votre gamin. Y a des endroits pour les gosses comme lui.

J'ai fait signe à Modifié de se lever. Au moment de passer la porte, il a répondu :

— Je suis pas dérangé, je suis Modifié.

— Allez viens, tu es très bien, fais pas attention à ce qu'il dit.

Le rouquin balançait sa tête de droite à gauche. Une fois dehors, on est passés devant la file de chasse-neige.

— C'est lequel que tu voulais conduire ?

Il en a montré un du doigt et on est montés dans ma voiture. J'ai ralenti pour qu'il puisse y jeter un dernier coup d'œil. Les machines se ressemblaient toutes.

— Chouettes grattes, hein ?

Je ne l'ai pas laissé répondre. Une voiture de flics s'avançait vers le portail. Je lui ai dit de se baisser, on les a croisés à faible allure.

Je n'avais jamais eu d'obsession ; c'était mon problème. J'admirais Modifié pour ça, un jour il conduirait un chasse-neige. Une obsession permet de réaliser ses rêves. Après tout, j'ai pensé, quelle importance qu'il réalise son rêve en prison ou ailleurs ? Ce serait certainement en prison mais je l'admirais quand même. Son bonnet ridicule, son ventre qu'il ne rentrait pas, son calme. Combien valait-il d'hommes comme le rouquin ? Une dizaine, au moins. Modifié n'était pas fait pour ce monde.

On a roulé en silence pendant une dizaine de minutes jusqu'à retrouver Allan. Il est monté à l'arrière.

— J'étais dans les parages. Ça te fait plaisir qu'on soit venus te chercher au boulot ?

— Tu as bu ?

— Non, j'ai juste fumé un joint avec ta fille.

— Tu déconnes ?

— Bien sûr.

— Qu'est-ce qu'il fait avec toi ? il a demandé en se tournant vers Modifié.

— On est allés voir les grattes à l'entrepôt de la ville.

— Quelle connerie il a encore fait ?

— Aucune connerie.

Je réfléchissais à un autre sujet de conversation quand Modifié a déclaré qu'il avait volé une gratte.

— Volé une gratte ? j'ai dit en m'esclaffant d'une façon presque naturelle. Volé une gratte… Emprunté peut-être ? Essayé ?

Je me débattais seule. Ni Modifié, ni Allan, qui s'était enfoncé dans la banquette arrière, ne prêtaient attention à ce que je racontais. Je n'ai pas lâché l'affaire.

— Essayé, c'est ça, il a voulu l'essayer, comme on essaye une voiture chez le concessionnaire. Tu sais, je vais parler à Paula pour Allison.

— Parler à Paula, toi ?

— Ta fille a eu l'air de penser que c'était une bonne idée.

— Ça existe pour de vrai les conssionnaires de grattes ? a demandé Modifié.

— Sûrement.

— Depuis quand tu fais des choses pour ma fille ?

— Et les gens qui ramassent les animaux morts sur les routes, ça existe ?

Allan n'était pas vraiment fâché. Quant à Modifié, il n'a été convaincu ni par mon explication sur les *conssionnaires* de grattes, ni par celle sur les animaux morts.

Arrivée chez nous, j'ai foncé dans la cuisine pour ne pas avoir à répondre de mes actes. J'ai préparé du riz et mis une chanson des Beach Boys sur mon téléphone. Modifié m'a demandé s'il pouvait l'emprunter. Il a consulté le site météo en faisant la grimace. J'ai passé une main dans son dos. Je planais encore un peu. Il s'est dirigé vers les escaliers.

— Il va neiger dans deux ou trois jours, tu vas voir, couverts de neige qu'on va être.

Allan est arrivé avec le verre de vin que je lui avais servi. Je lui ai demandé de s'asseoir et je lui ai annoncé que j'avais trouvé un travail.

— Je ne pensais pas que je verrais ce jour arriver, il a dit.

— Tu crois pas que tu exagères un peu, non ?

Le riz de Modifié était bientôt prêt, je suis montée voir ce qu'il faisait, les bnichons d'Allan à mes trousses. Il était dans les toilettes, j'ai frappé à la porte.

— Ça va là ?

J'ai rapidement regretté ma question.

— Je m'entretiens.

Il avait le souffle court. Je me suis tue tandis qu'il continuait son affaire. J'ai malheureusement compris de quelle affaire il s'agissait. Les chiens ont posé leurs truffes au bas de la porte.

— Ah.

À l'intérieur, les choses semblaient s'accélérer, j'ai fichu le camp. C'était la première fois que Modifié utilisait un mot appartenant à un registre soutenu. Il « s'entretenait ». Peut-être que sa mère était tombée sur lui un jour où il le faisait. Elle avait choisi le verbe par hasard et le mot était resté. Peut-être qu'elle avait dit, « On ne s'entretient pas devant les gens » ou « Ne dis pas à tout le monde quand tu t'entretiens, c'est une chose personnelle ».

— Psitt.

J'ai tenté d'entraîner les chiens dans les escaliers. Ils avaient encore le nez collé à la porte, les oreilles dressées.

— Psitt.

Ils ont continué de m'ignorer. L'un d'eux a gémi et l'autre l'a imité. Je n'ai pas insisté. En descendant les escaliers, je me suis demandé à quoi Modifié pouvait bien penser pendant qu'il « s'entretenait » : aux seins chauds de Cassy ou au *conssionnaire* de grattes ? J'ai cessé de me torturer et je suis allée prendre mon carnet de notes avant qu'il ne sorte des toilettes et ne rentre dans sa chambre, feu mon bureau. Voilà où j'en étais, j'avais réussi à retrouver la piste de la femme de Barjal qui était partie à l'Ouest, du côté de Vancouver où elle avait rejoint son père. Elle n'avait pas cherché à effacer ses traces. À ce stade de mon enquête, je ne la pensais pas liée à Tom ou à Julia, encore moins au meurtre de son mari qui aurait encore été en vie s'il n'avait pas décidé d'humilier Tom pour, qui sait, s'excuser auprès de Modifié. Car j'étais persuadée que tout était parti de cette maladresse, du casque que Barjal avait voulu retirer des oreilles du gamin. Sans ce premier incident, Barjal n'aurait sans doute pas pris la défense de Modifié avec autant de zèle. Du côté d'Arseneault les choses n'avaient pas évolué. Tom et Julia n'avaient encore rien avoué mais je gardais bon espoir. Il le fallait parce que, sans que je sache très bien pourquoi, faire accuser Modifié m'apparaissait être une entreprise beaucoup plus délicate que prévue.

13

Paula vivait dans un immeuble poubelle. Elle ne devait vraiment pas aimer Allison pour préférer vivre dans son trou à rats plutôt que dans l'appartement que j'avais financé. Ma tâche s'annonçait difficile. Elle a ouvert la porte, j'ai cru qu'elle ne m'avait pas reconnue. Les rides de son front se sont creusées.

— Qu'est-ce que tu fais là ?

Je me posais la même question.

— Bonjour à toi aussi.

— Je te préviens...

— Attends, ne t'emballe pas.

Elle m'a laissée entrer. L'immeuble était finalement de grand standing comparé à l'appartement ; j'ai prié pour qu'elle ne me demande pas de m'asseoir. Il y avait des tableaux posés partout sur le sol, simplement appuyés contre les murs. On aurait pu se croire à Paris, sous les toits, dans le studio d'un artiste, mais non. La reconstitution ne tenait pas la route plus de vingt secondes ; c'était bourré d'objets bon marché en plastique, du mauvais goût en veux-tu en voilà. L'appartement était à son image : touchiant. Mon regard s'est arrêté sur un nu. Le visage du modèle était peint de trois quarts ; j'aurais parié que c'était Allison. Son corps nous faisait face, positionné sur une chaise, les jambes écartées. Un mélange de *L'Origine du monde* et de *Basic Instinct*. La peinture était raccord avec l'appartement, sale et de mauvais goût, avec un côté excitant qui me dérangeait.

— Je vois que tu continues de peindre.

— C'est mon métier. Qu'est-ce que tu veux que je fasse d'autre ? T'es venue pour m'insulter ?

— Non, je me disais, comme je n'ai pas reçu de photos de tes nouvelles peintures. Tu sais une fois, tu avais fait une exposition.

— Les expos c'est dépassé.

Elle s'est jetée dans un fauteuil en affirmant :

— Maintenant c'est les réseaux sociaux, ça c'est *bananas*.

Je me suis baladée dans l'unique pièce. J'ai regardé par l'unique fenêtre, observé les plafonds, comme si j'avais voulu acheter l'appartement. Elle a repris :

— Et puis, t'avais acheté une toile pour me faire plaisir, me raconte pas d'histoires.

C'était Allan qui l'avait achetée. Je me suis empressée de ne pas la contredire.

— Tu as raison, l'art, je m'en contrefous.

Je l'avais surprise. J'ai tiré un fauteuil, un coussin en est tombé, j'ai battu le fer.

— Je me fous de l'art, je ne m'intéresse qu'à l'argent, à toi je peux bien dire la vérité.

— Je comprends pas.

— Tu ne comprends pas ?

Elle a froncé les sourcils, s'est légèrement redressée. Le fauteuil m'a aspirée quand je m'y suis assise.

— Je sais qu'un jour tes tableaux se vendront cher, très cher même.

Elle me regardait avec attention.

— J'ai du nez pour ça Paula.

— Ah ouais ?

Je me suis levée et j'ai à nouveau fait le tour de la petite pièce dégueulasse. Je n'avais pas besoin de voir son visage pour savoir qu'elle scrutait le moindre de mes battements de cils. J'aimais l'art et je n'avais jamais vraiment eu de goût pour l'argent. Il lui était plus difficile de croire ça que l'inverse mais il n'était pas question de mensonge ou de vérité, elle croyait que je me confessais en avouant ma cupidité et c'était l'essentiel. Je me suis approchée un peu plus près d'une représentation de la baie de Saint-Georges en lui demandant quand elle l'avait peinte. Elle m'a donné une réponse que je n'ai pas écoutée, puis je lui ai fait promettre de ne pas répéter à Allan que je ne m'intéressais à l'art que pour ses plus-values. Plus les confidences sont embarrassantes, plus le degré de crédulité de votre interlocuteur augmente. Si vous ajoutez une pincée de flatterie à la confidence, le cocktail convaincra même les plus sceptiques. Elle essayait de résister, elle ne voulait pas croire que j'étais là pour profiter d'elle. J'ai vanté son coup de pinceau en tournant autour d'une des peintures. La peinture de nu était la seule valable. J'ai montré du doigt celle qui était à sa droite, un paysage de printemps.

— Combien pour celle-là ?

— Huit cents.

— Pas cher.

Du coin de l'œil, je matais encore le nu. Puis j'ai montré une peinture un peu plus grande. Je n'avais aucune idée de ce qu'elle avait voulu peindre, un chien, peut-être un bosquet.

— Mille cinq cents. Elle m'a demandé plus de travail que l'autre. Je ne vais pas rentrer dans les détails.

Ne te donne pas cette peine, j'ai pensé. Elle avait déjà réajusté ses prix comme on replace ses seins à l'intérieur d'un soutien-gorge ; le petit geste qui remet en valeur la marchandise. Je suis revenue vers le tableau représentant le port de Saint-Georges. Il y avait un porte-conteneurs peint en tout petit à l'entrée du port. Le porte-conteneurs était chargé à bloc ; la peinture aussi. Je me suis tournée vers Paula. C'était le plus grand de ses tableaux. Elle a dit :

— Trois mille.

Cette fois-ci, la grognasse n'y était pas allée avec le dos de la cuillère. J'ai réfléchi ; ce n'était pas cher payé pour me débarrasser d'Allison. J'ai sorti mon chéquier. Le pari était risqué, surtout au regard de ma situation financière. Paula se passait la main dans les cheveux. Dans sa tête ça devait être la fête.

— J'ai parlé avec Allison.

C'était maintenant qu'il fallait la jouer fine. Les ficelles étaient fragiles, il ne fallait pas tirer trop fort.

— Comment elle va ?

— Oh, pas très bien depuis votre rupture.

J'ai suspendu mon stylo au-dessus du chèque. J'ai tourné des yeux de chien battu vers Paula.

— Je vais l'appeler, elle a marmonné.

— Je ne suis pas venue pour te demander ça, seulement, elle va vraiment mal, je suis légèrement inquiète.

Je ne lésinais pas mais j'avais bien réussi à convaincre cette conne que je m'intéressais à ses croûtes, pourquoi aurait-elle douté de mon intérêt soudain pour Allison ? J'avais écrit le chiffre sur le chèque, je m'apprêtais à signer.

— Tu sais quoi Paula, je te prends déjà celle-ci mais je voudrais revenir voir les autres plus tard. Il y en a une ou deux que je veux revoir avec une autre lumière.

J'avais chopé cette réplique à un vernissage sans savoir qu'elle me servirait un jour. Elle a souri et j'ai de nouveau posé mes yeux sur le bosquet de chiens. Est-ce qu'elle-même savait ce qu'elle avait voulu peindre ?

— Business, business, j'ai dit avant de soupirer. Allison, c'est une fille comme toi qu'il lui fallait, pour la guider.

Je lui ai lancé un dernier regard et j'ai signé.

Le lendemain, ma première journée de travail à la blanchisserie ne s'est pas trop mal passée. Je suis arrivée en retard, le patron était en train de me faire une remarque sur mes cheveux mais un client est entré pour se plaindre : sa chemise était trouée. J'ai présenté mes excuses au nom du magasin et j'ai demandé ce que je pouvais faire pour réparer le dommage. Le type s'est calmé. Il a commencé à me dire que c'était une vieille chemise puis il m'a demandé si j'étais nouvelle. J'ai souri, le mot était rafraîchissant. Oui, j'étais *nouvelle*. Il a fait une plaisanterie, un truc d'ordre sexuel, et il est sorti quelques minutes plus tard, apparemment satisfait qu'on ait troué sa chemise. Un élastique coincé entre les dents, je m'apprêtais à refaire mon chignon quand le patron a quitté son bureau. Il me regardait comme si c'était la première fois qu'on se rencontrait. Il m'a d'abord dit de ne pas m'inquiéter pour mes cheveux avant de me demander si j'étais certaine de ne jamais avoir travaillé dans une blanchisserie avant. Il imaginait peut-être que j'avais menti dans le seul but de l'impressionner. Il a dit quelque chose de positif sur mon attitude puis, tout de suite après, avant de repartir dans son bureau, il m'a sommée d'éviter les familiarités avec les clients, qu'on n'était pas au claque. « Au claque », qui utilisait encore cette expression ?

Le soir, Modifié m'attendait devant la porte. On s'est installés à l'arrière, sur la terrasse, moi avec mon verre de vin, lui avec sa bouteille de Big 8. Il avait préféré s'asseoir par terre. Les chiens grattaient en vain à la porte, je ne voulais pas les avoir dans les pattes. J'ai dit à Modifié qu'on était dans de beaux draps. J'ai reformulé ma phrase et il a fermé les yeux pour me signifier qu'il avait compris. Il n'a rien ajouté alors je lui ai parlé de ma journée à la blanchisserie. Je n'avais pas besoin de lui demander de garder ça pour lui, je savais qu'il n'irait pas en parler à Allan. Au même moment, j'ai reçu un message d'Allison sur mon téléphone : « Je sais pas ce que t'as fait mais Paula veut me revoir. Je suis aux anges. » Le message était suivi par une série de sourires, de bouteilles de champagne et deux ou trois autres trucs pour illustrer son bonheur. Si elle avait su que ma signature au bas d'un chèque avait fait de Paula une pute à trois mille, elle n'aurait peut-être pas, dans son message, aligné les bouteilles de champagne comme on enfile des perles.

— Tu sais quelle différence Hitchcock faisait entre la surprise et le suspense ?

Modifié a secoué la tête avant de se rincer le fusil avec le Big 8.

— Imagine des types autour d'une table en train de jouer aux cartes, tu t'attends à ce qu'il se passe quelque chose pendant la partie et puis paf, grosse explosion, tu le crois, une bombe était placée sous la table. Surprise !

Modifié a regardé en direction de la table de salon de jardin que nous rangions dans un coin de la terrasse pendant l'hiver.

— Pas celle-là table. Écoute bien tu vas comprendre. Si à la place de l'explosion, tu filmes la bombe sous la table, tic-tac tic-tac, alors que les types se doutent de rien. Là c'est plus une surprise puisque tu sais que la bombe va exploser mais tu ne sais pas quand. C'est du suspense.

Je me suis arrêtée pour boire une gorgée et rassurer Modifié qui n'arrivait pas à retirer ses yeux de la table de salon de jardin.

— Y a rien qui va exploser, t'as bien compris ? Bref, je dis ça parce que de mon point de vue, la bombe à retardement qui s'appelle Paula c'est du suspense, alors que du point de vue d'Allison... La tête qu'elle va faire quand elle va lui filer entre les doigts. Tu t'en fous toi n'est-ce pas, hein ? T'as bien raison. T'as une petite amie, une copine, une fille que t'aime ?

— Cassy.

— Qu'est-ce que tu voulais dire l'autre jour ? Tu sais, ses seins qui étaient chauds.

— M'a embrassé, Cassy.

Il a repris un coup de Big 8 et moi de vin. Pas de fierté sur son visage. Je n'ai pas eu envie d'en savoir plus.

— Tout ce que j'espère, c'est que cette salope d'Allison le prendra mieux la prochaine fois que Paula la larguera. Qui sait, peut-être qu'elle va s'habituer à vivre seule.

Modifié a reniflé.

— Tu sais vivre seul toi ?

Il a levé les yeux au ciel.

— T'as bien raison, on serait certainement pas collés l'un à l'autre comme des cons si on pouvait vivre seuls, non ? Pas vrai ?

Il n'a rien répondu. La porte arrière de la maison du dermato s'est ouverte et j'ai posé ma main sur sa tête. Il a accompagné mon mouvement et s'est jeté derrière moi, comme si sa vie en dépendait. Peut-être que sa vie en dépendait. J'ai vu que Modifié me souriait, tout ça n'était qu'un jeu en fait. Le dermato a refermé le couvercle de sa poubelle sans regarder dans notre direction. J'ai posé ma main sur l'épaule de Modifié qui a murmuré :

— Je l'aime bien le voisin.

J'aurais pu lui demander de répéter. Inutile, il l'avait bien dit. Il aimait le dermato, le type qui avait porté plainte contre lui, celui-là même qui voulait l'enfermer dans un centre.

Ça m'a de nouveau plongée dans des réflexions abyssales. Le gamin bousculait ma façon de voir les choses et je ne sais pas si j'aimais ça. Il pensait par-delà le bien et le mal, arbitrait sans choisir l'option qui l'avantageait. Il était débarrassé de notre morale de boutiquier, de tout amour-propre, de son ego. Je savais que les outils dont je disposais pour le comprendre, loin de me rapprocher de lui, m'en éloignaient. Il fallait l'aimer pour le connaître, aucun raccourci n'était possible. Il fallait l'aimer et je ne savais pas si j'étais capable d'une telle chose.

Comme il continuait de me sourire, je me suis résolue à lui rendre son sourire. Puis j'ai tendu mon verre et on a trinqué, moi avec mon verre de vin, lui avec son verre de Big 8 Cola :

— À la santé de notre voisin préféré alors.

J'ai vu ses yeux briller quand j'ai dit ça et j'ai pensé au risque qu'il encourait sans le savoir. Cette affaire allait finir par m'épuiser. Je ne sais pas ce qu'Arseneault attendait pour obtenir les aveux de Tom et Julia. J'avais fait tout ce qui était en mon pouvoir, je n'allais quand même pas les coller en prison moi-même. Les deux derniers points d'interrogation restaient la nouvelle écrite par Hazard et l'éventuel complice des deux adolescents ; pas de quoi ralentir les conclusions de l'enquête pour autant. L'identité de l'élève à qui Hazard prétendait avoir volé la nouvelle m'était encore inconnue, je savais simplement que c'était une fille et qu'elle niait être l'auteur de la nouvelle incriminante. Elle avait bien écrit quelque chose qui se passait à l'école mais elle ne se souvenait pas d'un meurtre dans une piscine. De son côté, Hazard n'en démordait pas. C'était sa parole contre celle de son élève. Tout ça n'avait finalement pas d'importance puisque aucune des deux ne pouvait être la complice de Tom et Julia. Pas plus que la femme de Barjal qui, aux dernières nouvelles, était toujours à Vancouver. Évidemment, je ne pouvais pas m'empêcher d'y penser : il restait Modifié. Je ne sais pas si c'était la crainte ou si l'hypothèse avait une réelle épaisseur mais il était le seul à pouvoir être ce fameux complice. Je m'inquiétais certainement pour rien : quel intérêt Tom et Julia auraient-ils eu à le protéger ?

14

Le lendemain matin j'ai envoyé le tableau du port de Saint-Georges à Daniel avant de partir au boulot. Je ne pouvais pas garder la croûte de Paula à la maison, Allan aurait suspecté quelque chose. Sur le papier que j'ai donné au coursier, j'ai écrit un message : « En souvenir de cette histoire de porte-conteneurs, les histoires des autres sont aussi les tiennes. » J'ai signé Martha Erwin. Le coursier a vu le nom sur l'adresse.

— Vous êtes de la famille des Erwin ?

— Non, juste des homonymes.

Il n'a pas été surpris.

Je repassais une chemise quand c'est arrivé. Je travaillais depuis deux semaines à la blanchisserie et je commençais à m'y faire. Je savais maintenant laver et repasser les vêtements, venir à bout des taches les plus difficiles, et aussi minauder devant les compliments du patron, notamment quand il disait que mes cheveux avaient de beaux reflets sous mon filet. Le travail n'était pas dégradant, je gagnais très peu mais j'aimais l'idée de faire un métier « respectable ». Je croyais avoir fait le plus dur quand la vague de panique est montée en moi. J'avais suspendu une chemise et remarqué une minuscule tache en bas. Rentrée dans le pantalon, personne n'aurait rien vu. C'était une chemise bleue, en coton, large col, poignets à double bouton, sans poche. La tache était brune, du café ou une légère brûlure de cigarette. C'était irréversible. Elle avait dû être faite en fin de soirée, quand la chemise était sortie du pantalon. Peut-être qu'après être allé aux toilettes l'homme ne s'était pas correctement rhabillé. J'ai vu la tache et je me suis sentie mal. Ce n'était pas la première fois que j'avais la sensation d'être à l'étroit dans mon corps, j'avais toujours résolu le problème en essayant de me raisonner. Je n'ai pas essayé de me parler, pas cette fois. Le patron n'était pas au magasin, je me suis laissée tomber sur l'une des chaises en plastique cachées derrière le comptoir et je suis restée un moment comme ça. On m'avait repproché de ne pas avoir pleuré lors de l'enterrement de mon père. Il détestait porter des chemises mais il avait fallu qu'ils lui en mettent une pour l'allonger dans son cercueil. La cloche de la porte a retenti, c'était Modifié. Je lui avais dit de venir me voir, qu'on irait déjeuner ensemble. J'avais oublié. Je me levai, verrouillai la porte de la blanchisserie derrière lui et le fis asseoir en face de moi.

— On va pas manger ?

— Il y a quelque chose qu'il faut que je te dise.

Je me suis penchée en avant.

— Tu sais mon voisin ? L'histoire de la pelle. Tu te souviens ?

Il m'a fait signe que oui.

— Il ne lâche pas l'affaire.

J'avais proposé de l'argent au dermato. Il avait souri à ma proposition. L'humiliation, je connaissais.

— C'est pour ça, tu pleures ? il a demandé. Tu pleures sur moi ?

— Je ne pleure pas.

J'ai agité ma main devant mes yeux pour empêcher les larmes de sortir.

— Je sais ça. Mes parents ont expliqué. On va manger ?

— Tu vas peut-être être envoyé dans un centre.

— Une maison pour fous, je sais ça.

Je l'ai regardé. C'était plus fort que moi. Je ne pouvais pas m'empêcher d'essayer de le comprendre. À quoi pouvait-il penser ?

— C'est pas vraiment une maison de fous.

— T'as pas faim ?

J'ai haussé les épaules, il a demandé :

— Alors tu pleures sur toi ?

Je pleurais sur moi ? Il m'a presque fait rire. Je ne savais jamais s'il prononçait les bons mots, les bons articles, les bons pronoms.

— Je crois que tu as raison, je pleure sur moi, j'ai fini par dire.

— Moi j'ai faim.

Il était désarmant. Je l'ai pris par l'épaule et on est partis déjeuner. Quand je suis revenue à la blanchisserie, j'ai trouvé Allan en grande conversation avec mon patron. Il était évident qu'il m'attendait.

Trois jours plus tôt, Allan était rentré du bureau avec une lettre dans une main et une bouteille de champagne dans l'autre. J'avais lu l'étiquette. Ce n'était pas une bouteille de vin pétillant mais une vraie bouteille de champagne, et du bon. Allan ne faisait pas de folies inutiles. Les chiens sautaient sur lui, il se faisait lécher les oreilles sans rien dire, je ne lui avais jamais léché les oreilles comme ça. J'avais vite compris que notre vie allait changer.

— Lis.

J'avais lu la lettre rapidement puis j'avais continué de fixer le papier pour essayer de me fabriquer une humeur à la va-vite, quelque chose de joyeux. J'étais pourtant contente pour lui, ce n'était pas ça.

— Merde alors, tu vas être publié.

Il avait fait de longs mouvements de haut en bas avec la tête, la bouche fermée mais en souriant. Il avait un des chiens dans les bras, l'autre à ses pieds. Le chien numéro deux attendait son tour.

— Quand est-ce que tu as écrit ton livre ?

— Au boulot, à la maison, dans ma tête, partout ! Pourquoi ?

— C'est dingue, j'ai rien remarqué.

— C'est rien de spécial, mais ça va être mon livre.

Je lui en avais voulu d'être modeste. Je lui en aurais voulu de ne pas l'être. C'était une grande maison d'édition.

— Tu l'as écrit sur un ordinateur ?

— Oui, sur un ordinateur.

Je gagnais du temps. Mon sourire était fait de trois bouts de ficelle, il allait mettre les voiles sans que je m'en rende compte. Je me doutais qu'Allan devait se foutre de ce que je pensais, il ne me faisait aucun reproche. La preuve, je lui parlais de son ordinateur et il semblait se contenter de ma réaction. Si ça continuait comme ça, j'allais bientôt lui demander s'il tapait avec deux ou quatre doigts. Pourquoi ne me faisait-il aucun reproche ? Il ne s'attendait pas à ce que je sois heureuse pour lui ?

— Je vais être la femme d'un écrivain.

Je n'avais rien trouvé de mieux.

— Si tu voyais ta tête.

Il était parti chercher des verres dans les placards de la cuisine. Toute mon enfance, j'avais été la nièce Erwin, j'allais maintenant devenir la femme de l'écrivain. Pourquoi est-il si difficile d'être heureux pour les autres ? J'étais chanceuse. Je sentais d'ailleurs que le livre d'Allan allait se vendre.

— Moi et mon livre, toi et ton nouveau travail. C'est pas fantastique ? il avait crié de la cuisine.

Fantastique, pas moins. Il venait de me rappeler que j'étais blanchisseuse. L'écrivain et la blanchisseuse. Il avait continué à crier pendant qu'il s'activait :

— Maintenant à toi de me dire ton secret, c'est quoi ce travail ?

Il avait rempli deux coupes de champagne. J'apercevais les verres sur la table de la cuisine.

— Assez avec moi, à toi maintenant. On n'a plus de chips ?

J'avais chuchoté :

— Je tourne dans des pornos.

— Hein ? Qu'est-ce que c'est ?

— Je me fais fouetter et j'adore ça.

Il s'était arrêté au milieu du vestibule avec ses deux coupes.

— Qu'est-ce que tu dis, tu fais du thé ?

— Ça m'arrive.

— Dans ton travail ?

— Non.

Il était arrivé à mon niveau, m'avait tendu un verre.

— Nom de Dieu, je sais ! Tu travailles dans l'édition ! C'est toi qui as signé mon livre ?

Je l'avais rarement vu d'aussi bonne humeur. Ses bnichons aussi étaient extatiques, comme s'ils avaient pris la pleine mesure du désastre qui m'attendait alors que je ne faisais qu'en voir les prémices.

— J'veux pas en parler.

— Allez, dis-moi.

— Arrête s'il te plaît.

Je l'avais glacé. Les chiens avaient levé leurs petites têtes vers moi. Peut-être que j'avais prononcé un autre mot qu'« arrête », peut-être que c'était le ton. J'avais réfréné une irrésistible envie de balancer un coup de pied dans l'un des chiens, les deux même. Nous avions bu le champagne en silence. Puis j'avais embrassé l'écrivain pour faire diversion.

— Tu sais, je ne t'en veux pas si tu me dis pas. Tu travailles pour Erwin, c'est pour ça que tu ne peux pas m'avouer ce que tu fais. Mais je m'en fous, tu sais.

Je m'étais rapprochée de lui.

— Je serais fier de toi, même si tu te mettais à genoux devant ton oncle. Tu sais ça ?

Trois jours qu'il étalait donc son sourire d'écrivain. Je fermais la porte de la blanchisserie derrière moi, attachais mes cheveux et passais derrière le comptoir sans regarder Allan.

— Le monsieur veut ouvrir un compte.

— Le monsieur est mon mari.

— Non ? Incroyable ! Vous ne m'aviez rien dit monsieur ! Vous voulez toujours ouvrir un compte ici ?

— Oui.

— Il va avoir besoin de chemises impeccables, il va être publié.

— Un écrivain !

Le patron avait pris une voix chantante. Il a une nouvelle fois tendu sa main vers Allan qui me regardait.

— Elle exagère…

J'ai sorti une fiche sur laquelle j'ai écrit les informations nécessaires à l'ouverture du compte.

— Bravo, vous êtes mon premier écrivain ! Attention, je lis des fois. Vous avez lu ce livre qui parle de ce tsar en Russie ?

— Non, je ne crois pas.

— Je suis sûr que si. Ça se passe en Russie et ça parle de Napoléon. Impressionnant le type, Napoléon.

— Désolé, ça ne me dit rien.

— C'est un tsar, il lui arrive plein de trucs, c'est rudement bien fait. Et ça parle aussi de Napoléon.

— Non, désolé.

Le lendemain, je donnais ma démission à la blanchisserie. Le patron était sincèrement navré, il me regretterait. Je devais me rendre à l'évidence, j'étais bien meilleure derrière un appareil photo qu'un comptoir. J'ai donc repris du service dans la filature, mais exclusivement pour des particuliers, plus question de travailler pour Erwin. Je devais cette fois suivre la femme d'un type qui travaillait à la raffinerie de Saint-Georges. Il avait eu mon numéro par une vieille connaissance du Blue Parrot. La situation était claire : sa femme le trompait et il voulait une photo du « bonhomme ». La femme était précautionneuse, ça s'annonçait coton. « C'est une salope, m'avait-il dit, prenez votre temps, vous allez la coincer avec le bonhomme. » J'aimais l'esprit d'équipe dont faisait preuve mon client. Entre-temps, j'avais découvert que c'était Daniel qui avait informé Allan de mon travail à la blanchisserie. Je ne lui en voulais pas, au contraire. Allan m'avait dit qu'il n'y avait aucune honte à travailler là. Quand je lui avais annoncé que j'arrêtais, il m'avait proposé d'être son agent littéraire, j'avais décliné la proposition. J'avais commencé son livre, ce n'était pas mauvais, c'était même plutôt bien senti parfois. C'était autobiographique aussi, un peu. Je le lisais par tranches, fines les tranches.

Ce soir-là j'avais invité Modifié et Allison à venir manger à la maison. Je voulais faire une petite fête entre intimes pour le livre d'Allan. Allison avait demandé si elle pouvait venir avec Paula, j'avais dit oui. Allan était installé devant la planche à découper pendant que Modifié attendait sur son banc. Il n'avait pas voulu le quitter depuis qu'il était arrivé. Les chiens étaient à ses pieds. De temps en temps, il les touchait avec sa main. Quelques jours plus tôt, il m'avait demandé si ça me faisait de la peine s'il aimait les chiens. J'avais répondu que ce n'était pas grave. Peut-être qu'il restait sur le banc pour se cacher et pouvoir caresser les chiens tranquille. Allison est arrivée, seule. Elle avait visiblement commencé la fête sans nous.

— Paula ne vient pas ?

Au lieu de répondre à son père, elle a manqué de tomber. Le dossier d'une des chaises de la cuisine lui a sauvé la mise.

— Le débile vit encore ici ?

C'est Allan qui s'y est collé pour la reprendre.

— Il n'est pas débile.

Elle n'était pas seulement ivre, elle était prête à mener bataille. Modifié n'était pas une bonne cible. C'était pourtant tentant de vouloir lui taper dessus.

— Ça pue dans cette maison.

Elle donnait des coups de poings au hasard. Pour l'instant, aucun n'atteignait sa cible.

— Martha fait cuire des poivrons.

Puis il a reposé la même question :

— Paula n'est pas avec toi ?

Elle découpait maladroitement les syllabes.

— Paula, Pa-oa-la.

Elle est arrivée derrière moi et m'a donné un grand coup sur l'épaule avec le plat de sa main.

— Pas là, Paula.

— Assieds-toi, explique-nous.

Allison a lâché un rot puis m'a redonné un coup, plus fort cette fois. Je n'ai pas bougé, j'avais toujours la poêle dans la main. Je l'ai serrée plus fort.

— Demande à ta femme. Pour Pa-oa-la.

Personne n'a rien dit, Allison avait attrapé la bouteille de vin. Son père l'avait aidée à se servir, puis m'avait adressé un regard de détresse et de colère mêlées.

— Paula ! Tu parles d'une salope. Elle est revenue, elle est repartie. D'ailleurs…

Elle s'est tournée vers moi en renversant la moitié de son verre sur le sol.

— Si tu te l'es pas encore faite, elle m'a dit, je crois que c'est le moment.

Elle a voulu me mettre un coup de coude pour conclure. J'ai esquivé.

— De quoi tu parles Allison ?

— Oh fais pas ton saint toi, tu sais bien que Martha t'a pas choisi pour ta… tu sais, ta quille.

Elle avait trébuché sur le dernier mot. Je préférais croire qu'elle avait voulu dire « fille ». C'était vrai que je n'avais pas choisi Allan pour sa fille.

— Ma quille ? il a demandé.

Elle a écarté ses mains au niveau de sa taille et s'est soudain mise à parler avec une voix masculine.

— Ta bite, ton dard, ton chibre, ton… braque…

Elle a eu un hoquet.

— ... mart.

— C'est bon Allison, il a compris.

Elle s'est appuyée sur un tabouret. Son père a voulu lui venir en aide mais elle s'est dégagée.

— Elle lui achète des tableaux, Martha, à Paula, des tableaux. Paula est une pute, pas d'autres mots, non, pas d'autres mots cher père, une salope, une bonne gagneuse la Paula.

— Ça fait déjà deux synonymes de pute, j'ai dit, histoire d'aggraver mon cas.

Elle n'a pas réagi à ma remarque. Peut-être qu'elle avait tout craché, peut-être qu'elle était à bout de forces. Elle a finalement accepté que son père pose ses mains sur ses épaules. Je lui aurais bien mis les miennes sur la tronche mais ça n'aurait rien arrangé. Je ne pouvais pas croire qu'elle avait conduit dans cet état. C'est là que j'ai vu Modifié. Il était debout dans l'encadrement de la porte de la cuisine.

— C'est quoi une pute ?

Allison a mis sa main devant sa bouche pour s'empêcher de vomir et son père l'a sortie de la pièce. Modifié s'est écarté, je l'ai invité à s'asseoir.

— Ce sont des filles qui se font payer pour coucher.

— Coucher où ?

— Dans le même lit que toi.

Il a réfléchi. La réponse a semblé le satisfaire. J'ai essayé d'imaginer ce qu'il était en train de se représenter : sûrement une fille allongée à côté de lui dans un lit, dormant profondément ou lui tenant la main. Je me trompais certainement.

— Big 8 Cola ?

Il y avait quelque chose de réconfortant dans le fait d'appartenir à une famille. De la cuisine, j'entendais Allan parler à Allison, il était en train de se réconcilier avec elle dans les toilettes. Il lui expliquait qu'elle n'y était pour rien, que l'amour c'était pas facile, que Paula était instable, que j'étais moi-même instable. Allison devait sentir le poids sur ses épaules s'envoler. Elle a vomi et le poids sur son estomac a dû, lui aussi, s'envoler. Quant à moi, je savais que j'étais responsable d'une partie des torts et je les reconnaissais avec plaisir, ceux-là et ceux qui ne me revenaient pas. Je n'étais pas dupe. Le mécanisme impliquait que je sois maso, je l'étais. J'étais le bouc émissaire de cette famille de dégénérés et j'en étais heureuse.

Modifié a tendu son verre vers moi. Il venait de le vider, il souriait. Il n'était pas dupe lui non plus, il savait ce qui se passait, à sa façon. Si j'étais le bouc émissaire de ma famille, son ciment, Modifié était celui de la société. Il le savait, il le sentait. Pour autant, lui n'était ni maso, ni indifférent, Modifié était authentique. C'est pour ça qu'on le pointait du doigt, comme le bouc de la Bible, son rôle était de nous débarrasser de nos pêchés. C'était sur sa tête que les gens posaient leur main pour se délester de leurs crimes. Le dermato allait bientôt revenir à la charge, Modifié en était conscient mais il ne s'en souciait pas. Il allait être mis au ban de la société, ça ne l'empêchait pas de boire son deuxième Cola tranquillement. Je l'ai envié et puis j'ai pensé que ça non plus, il ne connaissait pas : l'envie.

Quelques jours plus tard, j'ai assisté à l'audience en compagnie de ses parents adoptifs. Le conseiller d'orientation de l'école était là. Le dermato avait envoyé son avocat. Le dossier de Modifié était aussi épais que le bras d'un bloqueur de football américain. Le conseiller d'orientation en a lu quelques passages qui ont fait sourire le juge, d'autres lui ont fait écarquiller les yeux. La décision est tombée en début d'après-midi, le centre dans lequel Modifié serait envoyé se trouvait en centre-ville, les parents paraissaient s'en satisfaire. Peut-être même qu'ils l'avaient espéré. Ils avaient de nombreuses raisons pour ça.

L'affaire du meurtre de Barjal a également connu son épilogue. Les deux adolescents avaient résisté mais, devant l'accumulation des preuves, ils avaient finalement abdiqué. Tom a reconnu les faits le premier. Julia a cédé le lendemain. Leur procès devait avoir lieu la semaine suivante. Les informations fournies par mon contact ne faisaient état d'aucun autre suspect, ni d'aucune autre piste. La nouvelle écrite par Hazard ne semblait avoir été qu'une malheureuse coïncidence. D'après le rapport que je m'étais procuré, la mort de Barjal résultait d'un homicide involontaire. Tom et Julia avaient eu l'intention de nuire, pas de tuer. Les nuits précédant la clôture de l'affaire, j'ai souvent pensé au petit frère de Tom et à la fille du Français. Tous deux avaient le même âge et cette affaire serait une histoire qu'on leur raconterait avant d'être un souvenir et pourtant, il faudrait qu'ils l'intègrent dans leur propre narration comme j'avais eu à le faire avec le suicide de mon père.

Tout semblait se résoudre mais j'étais loin d'être tranquille. Quelque chose en moi bougeait. Le livre d'Allan était sorti, il était bon, abstraction faite des passages qui me concernaient. D'après Allan, ce n'était pas une autobiographie mais une « autofiction ». Les passages où il apparaissait étaient encore plus méchants, nous n'étions que des personnages secondaires, Modifié était le seul personnage principal. Le livre se vendait bien. Allan regardait les chiffres que lui envoyait son éditeur tous les jours au réveil, il avait remplacé la consultation de la météo par celle de ses ventes. L'information avait un impact sensiblement identique sur son moral. Il oscillait entre euphorie et abattement quand, de mon côté, je passais mon temps à observer les arbres. Je m'étais même surprise une fois à poser ma main sur un tronc. J'avais senti quelque chose s'ouvrir en moi. Ça m'avait foutu la trouille mais qu'est-ce que je pouvais bien faire ? Aller voir mon médecin et lui dire que je me prenais pour Thoreau ? « Est-ce que c'est grave doc ? Vous me conseillez quel type de pilule ? » Moi, toucher les arbres ; évidemment que quelque chose ne tournait pas rond.

15

— Je vais être parfaitement honnête avec toi Martha, je ne pense pas que tu sois la femme de la vie de mon père.

— Et qu'est-ce que tu penses de celui-là ?

J'ai tourné sur moi-même. Allison venait de me conseiller un jean taille basse. J'étais certaine de ne jamais pouvoir porter un truc pareil.

— C'était une mauvaise idée.

— Le jean ?

— D'avoir accepté de te donner des conseils.

— Tu dis toujours que je ne sais pas me fringuer.

Elle manipulait un gilet à pois du bout des doigts.

— Je sais. En vérité, tu peux bien t'attifer avec un costume de panda si ça te chante.

— On est là pour ton père, tu le sais comme moi. C'est important pour lui.

Elle s'est mise à renifler le gilet.

— J'imagine.

— Tu m'en veux toujours pour le tableau que j'ai acheté à Paula ?

— Ton esprit analytique te perdra Martha.

Elle tenait maintenant le gilet à pois à deux mains. Elle l'a tendu devant elle et m'a demandé :

— Qu'est-ce que tu en penses ?

— C'est la première fois qu'on me dit ça.

— Qu'on te demande ce que tu penses d'un gilet ?

— L'esprit analytique... laisse tomber. Tu porterais ça ? j'ai demandé en posant mes yeux sur le gilet à pois.

— Moi ? Tu vas pas bien. Tu me vois dans ce truc !

Elle a posé le gilet sur mes épaules. Je l'ai regardée pour savoir si elle déconnait mais non. Je suis retournée en cabine pour retirer le jean, non sans mal, elle m'attendait avec le gilet entre deux colonnes de vêtements mal taillés. J'ai reposé le jean sur sa pile et suis passée devant elle sans rien dire pour sortir du magasin des bonnes surprises. C'est comme ça qu'elle l'avait appelé lorsqu'elle m'y avait donné rendez-vous. J'ai franchi le seuil, pris une grande respiration et tourné à droite. J'entendais ses talons hauts frapper le sol. J'avais à peine fait cinq mètres sur le trottoir quand elle a lourdement posé sa main sur mon épaule. Je marchais encore, sa main m'a suivie sur quelques mètres avant de me tirer en arrière. J'ai pivoté comme une ballerine dans sa boîte à musique, la grâce en moins, ma cuisse a heurté un banc, j'ai senti un passant me retenir mais je me suis rétablie toute seule. Je ne sais pas pourquoi, j'ai instantanément visualisé le beau livre relié qu'Allan avait acheté sur les peintres flamands. Il ne le lirait jamais, comme je ne serais jamais capable de m'habiller comme il faut. Allison m'a tirée à nouveau vers elle en criant. C'était du plus mauvais goût, son visage était tout chiffonné.

— Non mais je rêve ! Tu t'en vas ! Tu n'as pas le droit, tu m'entends ? Tu ne me laisses pas comme ça Martha !

— Comment, comme ça ?

Elle semblait hésiter entre plusieurs sentiments.

— Comme ça !

— Comme ta mère, c'est ça que tu veux dire ?

J'avais dû ressasser cette pensée pendant des années sans m'en apercevoir parce que la phrase est sortie du tac au tac. Elle a prononcé des mots que je n'ai pas compris et son poing est parti. Quelque chose était enroulé autour et a freiné le mouvement ; je ne l'ai identifié que lorsque le vigile s'en est saisi : le gilet à pois. Je n'ai pas eu le temps de tenter ma chance. Je n'ai pas pu lancer mon poing à mon tour, le vigile tenait déjà les deux mains d'Allison dans son dos. Il a sorti un bracelet en plastique et a attaché ses poignets avec, puis il a poussé Allison vers l'entrée du magasin. Elle gueulait comme elle seule en avait le secret. Plus que jamais de mauvais goût, assurément. Il serait injuste de croire que j'ai tardé à lui venir en aide. En revanche, je ne peux nier que j'ai pris le temps de m'asseoir sur le banc pour reprendre mon souffle, à la suite de quoi j'ai sorti mon téléphone pour regarder mes messages. Je n'en avais pas mais j'ai quand même pris soin de vérifier trois fois (aucun message, aucun courriel). C'est alors, et alors seulement, que je me suis empressée de retourner dans le magasin. Le vigile l'avait remisée dans un coin, elle était assise sur une chaise, les mains toujours attachées dans le dos. La chaise était placée à l'entrée d'une cabine d'essayage, son rideau jaune coiffait Allison, il retombait légèrement sur sa tête, comme si le vigile avait cherché à la faire disparaître dessous. Je suis venue à côté d'elle, elle n'a pas esquissé le moindre mouvement.

— Je ne voulais pas que tu reviennes dormir chez moi, c'est pour ça que j'ai acheté le tableau. Je l'ai pas fait pour toi, je l'ai fait pour moi.

— Tu préfères le bas du front ?

J'ai compris qu'elle parlait de Modifié.

— Pas de pot Martha, maintenant il est à l'asile le simplet.

Ça m'a frappée par surprise, un coup différent du précédent, pas comme le coup de poing. J'ai juste eu le temps de me tourner un peu, un gros hoquet est sorti suivi d'un sanglot que je n'ai pas pu contenir. Je me suis figée, les larmes ont mouillé mes joues ; j'ai pu contrôler le hoquet, juste le hoquet. Je n'ai pas porté mes mains à mon visage, les larmes s'écrasaient sur mon pantalon et les dalles en plastique. Qu'est-ce qui m'arrivait, d'abord les arbres et maintenant les sanglots. Quand je me suis retournée vers Allison, je n'ai vu que de la pitié sur son visage. J'ai à nouveau pensé au bouquin sur les peintres flamands, j'aurais voulu la ruiner avec. Je détestais la pitié. On a tendance à confondre pitié et compassion alors que la pitié est à la compassion ce que la gifle est à la caresse.

— Pleure pas, elle a dit sans aucune inflexion dans sa voix.

Elle était ridicule avec ce rideau jaune sur la tête. J'ai vu ses yeux, ils me cherchaient.

— Allez, pleure pas Martha.

Puis elle a souri et ajouté :

— Ok, ok, on va te l'acheter ce gilet.

Je m'étais attendue à bien des choses mais pas à ça. Pas à ce qu'elle me tende la main alors que je venais de lui offrir une occasion en or de se foutre de moi. Je m'étais trompée, elle ne cherchait pas à me gifler, sa main était en quelque sorte encore posée sur ma joue et je n'ai pas pu lui refuser mon pardon. Ses yeux m'ont trouvée, elle m'a souri, tout en retenue. Je me suis mise à rire nerveusement. Le vigile s'est approché. Le temps qu'il arrive, tout le magasin était tourné vers nous, Allison avec son rideau jaune de dix kilos sur sa tête, moi avec mes traces de mascara sur les joues. Nos rires résonnaient dans ce magasin où Allison m'avait traînée pour me faire subir une énième humiliation. J'ai voulu prendre ses mains dans les miennes, je les ai cherchées quelques secondes ; j'avais oublié qu'elles étaient dans son dos. On a ri plus fort encore, un grand rire débraillé, de ceux qui provoquent la gêne des autres. À cet instant, j'aurais presque pu la prendre dans mes bras. Si seulement elle n'avait pas été aussi conne.

Quand on est sorties du magasin avec le gilet à pois, elle m'a confié :

— Tu sais, si j'avais à choisir une belle-mère, entre Cruella et toi, je crois que ce serait toi.

— Tu confonds avec la belle-mère de Cendrillon ?

Elle m'a à nouveau frappée, pas trop fort cette fois.

— C'est une manie chez toi.

— Je voulais pas l'appeler le bas du front tu sais ?

— Je sais. Et ta mère ne t'a pas abandonnée.

— Si, un peu, quand même. Cette salope m'a laissée. Y a pas débat sur ça.

Elle s'est de nouveau mise à rire. Finalement, elle avait raison : ce magasin était plein de surprises. Je n'ai pas ri pour autant. Si elle avait pardonné à sa mère de l'avoir abandonnée, ce n'était pas mon cas. D'un coup, j'ai ressenti le besoin de poser mes yeux sur un arbre, n'importe quel arbre. Fallait vraiment que je me fasse soigner.

À la maison, Allan était en train de préparer à manger, on a dîné tous ensemble, je n'ai pas touché à mon assiette. J'ai débarrassé et je l'ai rejoint sur la terrasse arrière. Il avait roulé un joint, le ciel rougissait, il l'a allumé. Je lui ai demandé où il l'avait trouvé.

— Dans tes affaires.

— Tu as fouillé dans mes affaires ?

— Bon Dieu Martha, tout le monde sait où tu caches ton herbe.

Ma petite boîte en fer était posée au pied de sa chaise. J'ai voulu lui dire que ça ne lui ressemblait pas. J'avais déjà dit assez de conneries pour la journée.

— Je peux ?

J'ai tendu ma main. Il me l'a glissé entre les doigts, a soufflé en direction de ses pieds.

— J'ai une interview dans une heure.

Il a toussé.

— À cette heure-ci ?

— Le journaliste ne pouvait pas l'enregistrer à un autre moment.

— T'as la frousse ?

J'ai tiré une chaise pour m'asseoir. Il s'est tourné un instant vers la forêt, j'en ai profité pour faufiler la main que j'avais de libre dans ma culotte. Vieille habitude.

— Non. Pas la frousse non, je suis terrifié. Et s'ils se rendent compte que je suis qu'un imposteur ?

J'ai fait glisser mon dos le long du dossier et j'ai tiré sur le joint comme si c'était le sein de ma mère.

— L'imposture, c'est très surfait.

Il regardait en direction des arbres.

— Toi aussi ils te font du bien les arbres ? j'ai demandé.

— Pas vraiment non.

— Ah...

J'ai tiré plus fort.

— T'as un plan pour l'interview ?

— Ça va Martha, je te dérange pas j'espère ?

Il me regardait, désabusé ou peut-être amusé. J'ai fait les yeux ronds, il a précisé :

— Ta main là.

Il m'a imité en grimaçant pour je comprenne.

— Ta main ! il a dit. T'as perdu quelque chose ?

J'ai senti qu'il était plus excité que choqué. Il s'est de nouveau tourné vers la forêt. Je me foutais de savoir si c'était le joint, son interview à la radio ou autre chose qui le rendait si coulant. J'ai gardé ma main là où elle était. J'avais trop souvent tendance à vouloir savoir pourquoi les choses se passaient bien. La plupart des gens ne cherchent à comprendre que leurs malheurs et considèrent le bonheur comme une chose naturelle. Pour moi c'était l'inverse, et j'étais fatiguée de mon manège. Il s'est penché vers moi, m'a fixée, puis a dit :

— Je pourrais mettre ça dans mon prochain bouquin.

— Mettre quoi ?

— Ta main, tout ça. Ça peut faire un bon arrière-plan de dialogue.

J'étais finalement condamnée à savoir pourquoi les choses se passaient bien. Désormais, Allan se foutrait de mes manières, je pouvais fourrer mes doigts où je voulais aussi longtemps qu'il pourrait le recycler dans ses bouquins.

— On devrait partir en voyage tous les deux.

Il n'a pas réagi.

— Tu te souviens de ce chalet à la montagne, Sugarloaf ? j'ai demandé.

— Je crois oui.

Il m'a repris le joint.

— Tu te souviens de ce type qui essayait de me coller des mains partout ?

Je commençais à me sentir bien. J'observais l'abri à bois.

— C'est à lui que tu penses maintenant ?

Il n'y avait pas d'animosité dans sa voix. J'ai sorti ma main de ma culotte.

— Non mais tu te souviens ? Un vieux beau très insistant.

— Non. Peut-être. Un vieux beau, beau ?

— Et vieux oui.

— Je crois que je me souviens du type. Vieux oui, mais beau...

— On pourrait partir quinze jours.

Le charpentier qui avait construit l'abri m'avait arnaquée, Allan avait raison. En même temps, je ne regrettais pas le moindre dollar que ça m'avait coûté.

— C'est vraiment fini la blanchisserie ?

— Je voulais te montrer que j'étais indépendante, c'est tout. On pourra payer le voyage avec l'argent que je me suis fait là-bas.

— Je suis comme occupé en ce moment, avec mon livre, tu sais ?

— Oui, oui, évidemment. Bon, et pour ton interview alors, t'as un plan ?

— C'est-à-dire ?

— Je sais pas, tu vas plutôt jouer l'écrivain mystérieux ou le type irrévérencieux ?

Il m'a tendu le joint.

— Dis-moi, j'ai une gueule à jouer un rôle ?

On est restés silencieux une petite minute.

— Je voulais dire merde à ma famille, c'est pour ça que j'ai accepté ce boulot à la blanchisserie.

— Tu es contente du résultat ?

— Pourquoi tu m'as jamais soutenue quand je voulais m'éloigner de ma famille ?

— Martha, je déteste quand tu parles de nous au passé, tu le fais tout le temps.

— Pardon.

J'ai remis ma main dans ma culotte. Il a souri. J'ai demandé :

— Pourquoi tu comprends pas que je veuille me tenir à distance d'eux ?

— Je crois surtout que tu veux pas trahir la mémoire de ton père. Y a d'autres moyens tu sais ?

La chaise commençait à devenir sacrément confortable. Je pouvais désormais voir l'abri à bois même avec les paupières fermées.

— Où t'as mis les chiens ?

— T'es un peu fière que je sois écrivain ?

— Bien sûr.

— Ça se voit pas vraiment.

J'ai rouvert les yeux pour lui adresser ce que je pensais être un regard amoureux.

— J'ai toujours été fier de toi Allan. T'es pas le plus beau mec du monde, mais tu l'es pour moi. T'es pas non plus le mec le plus intelligent de la Terre, mais tu l'es pour moi.

Il s'est tourné face à ma chaise.

— Tu te touches là ?

— Un peu oui.

— Martha !

Il a levé la tête vers le ciel. Les étoiles commençaient à s'en détacher.

— Martha, tu me ferais un enfant ?

— On a déjà essayé.

— Je sais que c'est difficile mais j'en ai tellement envie. Je veux être heureux avec toi.

Ses derniers mots m'ont fait le même effet que ceux d'Allison au sujet de Modifié ; ils m'ont frappée. Je reconnaissais qu'il m'avait souvent fait passer en premier dans sa vie. J'ai aimé son ton volontariste. Il m'a rendue encore plus légère. Ou peut-être que c'était le joint. J'ai essayé de ne pas analyser la situation.

— Je veux bien y réfléchir.

J'aurais aimé lui demander ce qu'il fallait que je lui dise pour le rendre heureux. Je savais bien que ce n'était pas comme ça que ça marchait.

— Tu sais Allan, j'ai arrêté de commander des plats chez le traiteur.

Après une hésitation, il m'a répondu :

— J'ai jamais vraiment aimé ce qu'ils faisaient.

— Moi si mais... je crois que je préfère cuisiner.

Il a pris une grande inspiration.

— Tu trouves vraiment que le type était un vieux beau ?

Je me suis encore enfoncée dans la chaise. J'allais bientôt toucher le sol. Lui le ciel. Je me demandais à quelle heure était son interview. Il a ajouté :

— On doit pas avoir la même définition de vieux beau. D'ailleurs, me dis pas qu'on est trop vieux pour avoir des gosses, je dis ça pour nourrir ta réflexion. Et puis, on fait pas des enfants pour soi. Bon Dieu regarde Modifié. À qui il est ce gosse ? Tu peux me dire ? À qui ?

— Je sais pas Allan.

— C'est même pas notre gosse et regarde le bordel qu'il a foutu dans nos vies. En quoi, à peine quelques mois ? Pire qu'Allison. Pire que ma fille. Faut se lever tôt, nom de Dieu.

— Je sais Allan.

J'étais bien. Il aurait pu me parler comme ça pendant des heures, ses mots étaient de la poésie.

— Il faut que tu le sortes de cette merde, de ce centre.

— Il n'y a rien à faire.

— Je suis sûr que si, tu peux trouver. Y a que toi qui peux le faire.

Je n'ai rien répondu.

— Martha ?

— Oui.

— Il y a une question qui m'obsède depuis que tu es arrivée.

— Quoi ?

— Qu'est-ce que c'est que ce putain de gilet à pois que tu portes ?

J'ai tiré sur une des manches du cadeau d'Allison.

— Oh ça ? Un truc entre ta fille et moi. Le souvenir d'un après-midi un peu spécial.

J'ai senti un truc bouger en moi, s'ouvrir encore. Ce n'était pas désagréable.

16

Les murs de la patinoire avaient été poussés afin d'accueillir toute la communauté de Saint-Georges pour l'avant-dernier match de hockey de la saison. L'équipe universitaire affrontait une équipe québécoise. Le père de Modifié avait dit, « Je vous invite, ça me fait plaisir, c'est fête », et avait demandé que Modifié puisse sortir du centre pour l'occasion. Allan avait tenu à m'accompagner, je le soupçonnais de vouloir écrire une suite à son histoire. En dehors d'Allison, personne d'autre n'avait remarqué que Modifié était le personnage principal de son livre. D'après elle, Modifié n'était pas « aussi futé dans la vie que dans le livre ». J'avais ri à sa remarque. Je ne voulais plus perdre mon temps à essayer d'expliquer des choses à des gens qui ne souhaitent pas comprendre. Allison n'avait jamais aimé le gamin ; tant pis pour elle.

Modifié était allé saluer le chronométreur hors d'âge avant de revenir s'asseoir entre ses parents, trois rangs au-dessus du nôtre. J'étais plutôt détendue, ma filature était terminée, j'avais pu prendre une photo du bonhomme en compagnie de la femme de mon client. Quand j'avais remis la photo au mari, il m'avait demandé si je n'en avais pas « une moins... ». Le cliché montrait sa femme à califourchon sur le bonhomme, nue. Le bonhomme faisait une sorte de moue à laquelle je n'avais pas prêté attention. Peut-être que c'était ce que le mari avait vu en premier, la moue. J'avais sorti d'autres photos de ma sacoche, il les avait rapidement étalées sur un bout de table, certaines étaient pires. Le bonhomme était sacrément équipé. Le mari s'était arrêté quelques secondes sur la photo où il était de face, le sexe en érection. Sa femme se tenait dans son dos, serrée contre lui, ses mains sur son torse. Le mari n'avait pas regardé le visage de son épouse, ni ses mains, ou le visage du bonhomme. Autre chose avait retenu son attention. À la fin de notre rendez-vous, il n'avait pris qu'un cliché avec lui. On y voyait sa femme embrasser le bonhomme, son visage à lui était flou. Ils étaient tous les deux habillés sur la photo. Il m'avait dit de jeter tous les autres tirages mais je les avais placés dans un coffre ; les maris ont parfois des remords. Malgré ça, j'aurais parié que celui-là n'en aurait pas.

C'était sans doute mon dernier contrat et je ne savais pas quoi en penser. Ce métier m'avait appris à ne pas juger, il m'avait montré la part la plus sombre de l'âme humaine. Chaque fois que je posais des photos devant un mari cocu, je lui révélais l'envers du décor dans lequel il avait vécu heureux. Un foutu décor où tout lui avait semblé vrai. Je me demandais souvent ce qui pouvait rester des histoires après ça. Avec mes photos, ce n'était pas seulement le présent décor qui s'effondrait mais tous les décors de tous les moments qu'ils avaient traversés ensemble. Le mari cocu savait, comme moi, qu'il lui faudrait maintenant réapprendre à faire semblant, à oublier que chaque sentiment enferme sa part de mensonge ; parce que ce mensonge est nécessaire, qu'il est le ciment de la vérité. J'avais toujours pensé qu'on ne se reconstruisait pas après une rupture, qu'on construisait simplement un nouveau décor qu'on s'appliquerait modestement à rendre plus vraisemblable que le précédent.

Après le premier tiers du match, je suis allée acheter des boissons pour tout le monde. Allan était en pleine discussion avec un type qu'il avait rencontré chez son éditeur, ils étaient debout dans l'allée. Depuis quelque temps, Allan avait des attitudes que je ne lui connaissais pas, cette façon de relever ses sourcils par exemple. J'ai détourné le regard vers la loge des Erwin, Daniel y venait de temps en temps, peut-être qu'il était là. Je ne l'avais pas aperçu.

— Bonjour Martha.

Elle m'a foutu la trouille.

— Tu m'as fait peur Cassy.

La petite conne était vraiment sublime, ça ne faisait pas un pli. Je ne l'avais pas revue depuis le jour où elle m'avait vampée dans ma voiture devant le lycée. Elle m'avait recontactée une fois, je n'avais pas répondu. Puis plus rien. Je lui ai demandé si Daniel était avec elle.

— Daniel est dans la loge, je suis descendue pour acheter des frites.

— Des frites ?

Je connaissais les loges même si je n'y allais plus.

— Ils ne servent pas ça dans les loges ? j'ai demandé.

— Tu crois ?

J'ai relevé les sourcils, façon Allan. Un but a été marqué, les gens se sont levés. Je connaissais à peine les règles de ce sport. Elle a changé son fusil d'épaule.

— Oh et puis je ne suis pas à un mensonge près. Je voulais te parler.

— Et moi qui pensais passer une soirée tranquille.

J'ai commandé mes boissons. Elle a demandé ses frites, j'ai dû lui rappeler que c'était un mensonge.

— T'as pas idée de combien Daniel vomit ses parents ! elle a dit en faisant une drôle de tête.

On est allées se poster face à la patinoire où un joueur venait de se faire coincer au niveau de la ligne de but, le visage écrasé sur le plexiglas. Je lui aurais donné quinze ans. Les gens ont poussé de petits cris de plaisir.

— Faut que tu expliques à Daniel ce que je faisais dans ce bar.

Mon regard a fait plusieurs allers-retours entre son visage et la patinoire.

— Qu'on soit bien d'accord, quand tu parles de bar, tu veux dire club de strip-tease, c'est ça ? Bien entendu !

J'ai laissé passer dix secondes et ajouté :

— Tu te fous de moi Cassy ?

Elle a commencé à se racler la gorge ; elle allait me faire le numéro de la fille triste, je l'ai tout de suite arrêtée.

— Épargne-moi ça Cassy, pas à moi.

Elle s'est reprise.

— Et si je disais à ton mari où tu passes tes nuits ?

Pas gênée la gamine. Je la regardais d'un air désolé. Elle a commencé à mordiller l'un de ses ongles, j'ai serré le porte-boissons en carton.

— Pourquoi t'arrives pas à lui parler ? j'ai demandé.

— Je sais pas. Tu lui dis tout à ton mari ?

Je me suis esclaffée.

— Bien sûr que non ! Mais Allan n'est pas un personnage public.

Je me suis écoutée préciser ça et j'ai réalisé qu'il l'était peut-être désormais. Cassy ne devait pas se tenir au courant de l'actualité littéraire, elle ne m'a pas contredite. Je pouvais apercevoir Allan en contrebas, il venait de taper dans la main de Modifié. J'allais bien finir par me faire à son nouveau statut. Je n'entendais pas leur conversation mais ce n'était pas nécessaire, la vérité était dans ce que je voyais. C'est souvent ce qu'on croit quand on vole des moments.

— J'ai toujours été fascinée par les gens qui vont dans des clubs de strip-tease, j'ai repris. Je les trouve touchants.

— Touchants ? Comment t'y vas !

Daniel a surgi dans le dos de Cassy, son index barrait sa bouche. Il lui a pincé les hanches et elle a sursauté.

— Je t'ai fait peur ? Vous parliez de quoi toutes les deux ?

Il était accompagné de deux gars très costauds, visages et costumes sombres, des jumeaux. J'ai pris le porte-boissons dans une main et posé l'autre sur l'avant-bras de Cassy.

— On parlait de Modifié.

Elle a prétexté une envie pressante pour décamper. Sans doute pensait-elle que j'allais exaucer son vœu et la libérer de son mensonge. Daniel a observé avec le plus grand intérêt sa façon de se déhancher jusqu'aux toilettes. Il l'aurait culbutée sur-le-champ s'il avait pu, *on the spot* comme on dit, et je le comprenais. La décence pour lui, la loi pour moi, hélas, nous l'interdisaient.

— Merci pour le tableau, il a dit.

J'avais totalement oublié cette croûte.

— Ah oui, ça fait une éternité. Tu as aimé ?

— Tu verras quand tu viendras au bureau, il est sur le mur derrière moi.

— Daniel.

J'ai regardé un de ses gorilles, puis l'autre.

— T'as vraiment besoin de ça ?

— Tu vas pas commencer à me dire de quoi j'ai besoin, non ?

— Non bien sûr, je me suis excusée. Je voulais juste te dire une chose en privé, je peux ?

Daniel s'est mis en mouvement, une petite procession s'est formée ; ses hommes ouvraient et fermaient la marche. On a longé un couloir de la patinoire et il est entré dans une pièce étroite en leur faisant signe de rester à la porte. Je me suis assise avec mon porte-boissons dans les mains tandis qu'il s'appuyait à la table.

— Tu aimes Cassy ?

Il a souri avant de comprendre que ma question n'allait pas être suivie d'un : « Je suis si contente pour vous. » J'ai posé mes boissons devant moi.

— J'aurais dû m'en douter. Pourquoi tu salis tout ce que tu touches ?

— Et si les choses étaient déjà sales avant que j'arrive ?

Il a fixé un point sur le mur en face de lui. Je ne savais pas comment m'y prendre.

— Souviens-toi Daniel, on ne peut pas toujours tout donner à ceux qu'on aime.

— Qu'est-ce que ça signifie ?

— Je sais pas, que les gens prennent ce dont ils ont besoin. Ils le prennent, c'est tout. Et parfois ils vont le chercher ailleurs.

— Si tu as quelque chose à dire à propos de Cassy, fais-le vite s'il te plaît.

— Cassy est une chouette fille. Elle est jeune et belle, elle aime plaire.

— Putain Martha, crache le morceau !

— Très bien, il y a un établissement à Saint-Georges où les filles se déshabillent sur scène. Cassy…

Il a soudain ouvert la porte pour demander de l'eau à ses hommes. Quand l'un d'eux est revenu avec une bouteille, il lui a ordonné de rester. Je n'ai rien objecté, je me suis simplement levée pour faire quelques pas dans la pièce. C'était un bureau, une salle de presse peut-être, ça ressemblait à une salle d'interrogatoire. Quand il a eu fini de boire, il a voulu un jus de grenade. Il a demandé « de la grenade ». Le garde du corps a ouvert la porte pour transmettre l'ordre à l'autre. Ils se sont regardés ; ils n'avaient aucune idée de ce qu'était la grenade. Ils avaient l'air paniqués.

— Tout va bien Daniel.

— Tu comprends pas Martha, je suis accro à ce truc.

— À la grenade ? S'il te plaît Daniel…

Les deux gorilles étaient maintenant à l'intérieur de la petite pièce mais ils ne disaient rien. Je sentais qu'ils auraient tué père et mère pour savoir ce qu'était de la grenade.

— Je n'aime pas cette conversation.

Daniel s'est mis à danser d'un pied sur l'autre. Ils se sont approchés de lui pour le regarder gigoter. On aurait dit deux moines tibétains à un concert d'Iron Maiden. Ils voulaient comprendre ce qu'ils voyaient et en même temps, cette perspective paraissait les effrayer.

— Daniel ?

— Tu sais ce qu'il nous faudrait Martha ?

— Un retour au calme.

— Non, il nous faudrait un peu de cocaïne.

Cette fois les gardes du corps ont entendu sa doléance et leurs visages se sont immédiatement éclairés. Ils étaient plus au jus sur la cocaïne que sur la grenade. L'un d'eux s'est penché pour dire quelque chose à l'oreille de Daniel. J'ai interrompu leur manège en gueulant :

— Mais vous êtes dingues ou quoi ?

J'ai parlé plus doucement, il me semble.

— Vous oubliez le snif snif, j'ai dit en me bouchant une narine, et pareil avec le jus de fruits.

Les deux costumes sombres se sont tournés l'un vers l'autre aux mots « jus de fruits » : ils ressemblaient à présent à deux hommes préhistoriques à qui j'aurais donné le feu.

— C'est bon calme-toi Martha.

— Un club de strip-tease. Cassy travaille dans un club de strip-tease, voilà.

— Voilà ? Quand tu dis travaille, tu veux dire qu'elle y danse ? il a demandé l'air grave.

J'ai hoché la tête.

— Nue ?

Sa question m'a prise au dépourvu. J'avais une tonne de réponses en tête, aucune n'était exempte d'ironie.

— Oui, nue.

— Qui t'a dit ça ?

— Personne.

— Comment ça personne ?

Il allait s'énerver. J'ai levé les yeux au ciel, il a plissé les siens puis, quand il a enfin compris, il a accusé le coup. Il a posé ses mains sur le dossier d'une chaise, j'ai cru qu'il allait dégobiller son quatre-heures. Je ne sais pas quelle image le perturbait le plus, Cassy dansant nue ou moi, sa cousine, regardant sa petite amie danser nue.

— Je savais que tu étais perverse Martha, mais là, ça dépasse tout ce que j'avais imaginé.

Il s'est approché de moi le buste en avant. Un des gorilles l'a attrapé par le bras.

— Attends, que je comprenne bien Daniel ! Ta copine se dessape dans un club de strip-tease et tout ce que tu trouves à dire c'est que je suis… perverse ? Crois-moi j'en ai croisé des types qui se voilaient la face mais là, là. J'y étais pour le travail si tu veux tout savoir.

Je n'ai pas insisté. À quoi bon, je n'avais pas vraiment envie de me défaire de ma réputation, Daniel pouvait penser ce qu'il voulait de moi. J'ai cru qu'il allait m'en coller une mais il s'est subitement mis à rire en regardant le type à ses côtés. Le costume sombre pédalait dans la semoule. Je n'y voyais pas très clair non plus.

— Tu devrais te voir Martha, tu dis ça comme si c'était un drame.

— Pense à ta mère Daniel.

Il a tiré la chaise et s'est assis. Il passait sa main droite sur son visage sous l'air inquiet de ses grenadiers. Il leur a dit que tout allait bien, comme s'il avait eu besoin de leur traduire ses émotions.

— Je devrais pouvoir gérer ça. Je savais qu'elle me cachait des choses mais, à vrai dire, quand tu as commencé à parler, j'ai… j'ai imaginé quelque chose de pire.

— Quoi par exemple ?

— Qu'elle couchait avec mon père.

J'ai préféré ne pas analyser ce qu'il venait de me confier. J'ai posé ma main sur son épaule, il a fermé les yeux un moment pendant que j'échangeais quelques regards avec ses hommes. J'aurais aimé savoir ce que leur inspirait ce merdier.

Quand Daniel a été prêt nous sommes sortis du bureau. Un des gorilles est passé devant moi, l'autre derrière. Je n'ai trouvé le courage qu'au dernier moment. J'ai tiré Daniel par la manche, il y avait deux places de libre sur les gradins, non loin de nous. Je me suis assise la première. Les gorilles attendaient à quelques mètres. J'ai fixé la patinoire pendant toute notre conversation. Modifié, ses parents et Allan étaient à quelques mètres en dessous de nous.

— Tu te rappelles quand tu m'as demandé si je voulais de l'aide ?

— Non, pas vraiment.

— Peu importe. Vas-y, demande-moi encore ?

J'ai senti qu'il était déstabilisé.

— Maintenant, je suis sérieuse. Demande-moi si j'ai besoin d'aide ?

— Martha, tu sais, pour la cocaïne, c'était une blague.

— Demande-moi Daniel.

— Je ne sais pas pourquoi je reviens inlassablement vers toi.

— Tu le sais très bien.

C'était la mi-temps, une sirène a retenti et les gens se sont levés.

— Comment je vais m'y prendre avec Cassy ?

— C'est ton problème Daniel, pas le mien. Demande-moi.

— T'es sûre qu'elle danse nue ?

— Tu veux peut-être que je te décrive son corps ?

— Martha ?

— Oui.

— Comment je peux t'aider ?

J'ai parlé vite, et clairement, je regardais toujours la patinoire où un type déguisé en loup de mer chauffait la salle en attendant le retour des joueurs ; je lui ai dit que je ne voulais pas voir Modifié croupir dans ce centre, je l'avais visité et je n'arrivais pas à m'y faire. J'avais besoin qu'il intervienne. Il a réfléchi trois bonnes minutes puis m'a répondu qu'il avait peut-être une idée mais que je ne devais pas me réjouir trop tôt, qu'il n'allait pas faire de miracles. Les gens n'arrêtaient pas de passer près de nous pour aller à la buvette. Ils étaient obligés de contourner les hommes de Daniel qui étaient postés dans les escaliers, notre position avait créé un embouteillage monstre. Je lui ai proposé de faire quelques pas, on est sortis de l'enceinte et les gardes du corps ont eu l'air de se détendre. Je commençais à bien les aimer les deux, j'étais même presque certaine de pouvoir les différencier. L'un d'eux avait le sourcil plus broussailleux que l'autre.

— Quelle idée de prendre des jumeaux !

— Quels jumeaux ? De quoi tu parles ?

J'ai compris que j'avais encore perdu une occasion de me taire. J'ai fait mine de ne pas comprendre de quoi il parlait, il m'a demandé si j'allais bien.

— Oui, pourquoi ?

— C'est pas ton genre de demander de l'aide, surtout à la famille.

— Je crois que c'est à cause des arbres.

— Des arbres ?

— Je t'en pose des questions sur ta cocaïne ?

— T'as raison.

— Je me ramollis je crois, j'arrête pas de pleurer.

Il n'était pas plus avancé, moi non plus.

— Faire la guerre à la famille, j'ai repris, c'est pas la solution. Y a d'autres moyens d'honorer la mémoire de mon père. Je sais tout ça.

Il m'écoutait sans m'écouter, il a mis un coup de pied dans un caillou.

— Ma copine est stripteaseuse.

Il a secoué la tête en fermant les yeux puis les a rouverts pour me dire :

— Je ne sais pas ce que tu t'imagines Martha. Ton père était un donneur de leçons, c'est vrai, mais tu devrais entendre les employés parler de lui, quand ils racontent la fois où il a tenu tête à J.C.

Daniel a souri.

— Une histoire de permis de construire bidon que ton père refusait de signer. Ils ne parlent pas de ça devant moi, mais je sais que ce sont ces histoires qu'ils aiment ressasser sur J.C. ; pas celle du ponton.

— Et toi t'en penses quoi ?

Il a retrouvé son sérieux.

— Je pense qu'Erwin a changé.

Il ne me disait pas la vérité mais il semblait vouloir le croire, c'était suffisant pour moi.

— Je crois aussi, j'ai ajouté.

Il m'a regardée avec un petit sourire gêné. Il savait que je ne le pensais pas non plus, mais il était aussi conscient de ce que ça me coûtait de le dire.

— Donne-moi un peu de temps pour m'occuper de Modifié. Tu vas voir, même ton père serait fier de ce que je vais faire.

Les larmes lui montaient aux yeux.

— Tu vas la protéger, Cassy ? j'ai demandé sans réfléchir.

— Il le faut. Tu penses que c'est une mauvaise idée ?

— Non, bien sûr.

Je me moquais de savoir ce qu'il allait décider pour la petite mais j'avais vite changé de sujet pour ne pas le voir pleurer. Il perdait vite ses moyens quand il parlait de mon père, quelque chose les avait liés. Il connaissait des histoires sur lui qu'il était certainement préférable que j'ignore. Il s'est repris et a continué à parler, la gorge un peu moins nouée.

— T'imagines si ma mère l'apprend ?

Il a mis un second coup de pied dans un autre caillou. Celui-là a atteint la portière d'une voiture.

— Quelquefois, c'est pas plus mal de connaître les embûches à l'avance.

Un type est sorti de la voiture que le caillou avait frappée, le gorille au sourcil broussailleux est allé à sa rencontre. Daniel a répété mes mots avec un petit rire nerveux.

— Les embûches ! Ma copine aime se foutre à poil devant des inconnus et t'appelles ça des embûches toi !

Le garde du corps qui était resté avec nous n'a pas cillé. Je me suis mise à rire, Daniel m'a regardée, il était content de son effet. J'ai continué avec la même bonne humeur.

— Des inconnus ! Pas que, j'étais là moi aussi et c'est le bon côté des choses. Ma présence confère à son numéro un petit côté familial, du coup, son show, c'est un peu l'équivalent du spectacle de fin d'année dans une école maternelle, déguisements mis à part.

Il a penché sa tête sur le côté en me fixant, l'air affligé.

— Je vais trop loin, c'est ça ? j'ai demandé.

— *Beaucoup* trop loin.

Nous avons encore fait quelques pas.

— En tout cas merci d'être venue me parler. Au fait, pour l'énigme, j'ai trouvé. J'ai triché, mais j'ai trouvé. Un peu tirée par les cheveux entre nous, l'histoire du plongeur happé par un Canadair.

Au lieu d'être obsédé par l'image de Cassy pendue à une barre de pole dance, Daniel l'imaginait dans un lit avec son père ou préférait me parler de mon énigme. Et moi qui pensais que je ne tournais pas rond. Pas plus tard qu'hier, Allan m'avait avoué qu'il écrivait des livres pour s'inventer des amis qu'il n'avait pas envie de côtoyer dans la vie réelle. À bien y réfléchir, je crois que j'étais la plus équilibrée des schizophrènes que je côtoyais.

17

Deux mois plus tard, le projet de Daniel était bouclé. C'était le premier projet qu'il menait pour le groupe Erwin. La multinationale distribuait régulièrement de l'argent pour aider la communauté mais cette fois, Daniel avait décidé de changer de braquet. Erwin n'allait plus simplement être en tête de liste des donateurs, le groupe allait faire construire un centre pour faciliter l'apprentissage des enfants atteints de troubles du spectre autistique. « Ça va être mon projet, mon histoire », m'avait-il annoncé fièrement. Son père m'avait téléphoné pour me demander ce que j'en pensais, il savait que Daniel s'était de nouveau rapproché de moi mais il ignorait que j'étais à l'origine du projet conduit par son fils. Je m'étais bien gardée de l'en informer. Je l'avais joué plus fine, « C'est une connerie ce centre, j'avais dit. Ça lui passera. Si j'étais toi j'y mettrais un frein mais bon, c'est toi le boss ». Il m'avait répondu qu'effectivement c'était lui le boss. Son autorité rétablie, il avait décidé de donner son accord lors de la session exceptionnelle du conseil.

Au début, j'avais eu beaucoup de mal à rendre visite à Modifié. La culpabilité expliquait en partie mes réticences. C'est moi qui aurais dû mettre ce coup de pelle au dermato, pas lui. Évidemment, je n'aurais pas éprouvé le même plaisir que celui que j'avais pris en le regardant faire. Les premières fois, je parlais peu et je restais bien à distance mais heureusement, avec le temps, je m'étais détendue. Modifié rendait toujours les choses très faciles. Daniel m'avait obtenu une visite quotidienne au centre. Le voir dans cette institution me rendait triste mais chaque fois que je le voyais dévorer ses horribles sandwichs comme d'autres leur premier repas après trois jours de jeûne, je me souvenais pourquoi j'étais là.

Un matin, il a voulu aller à la patinoire. Il avait le droit de sortir du centre si je l'accompagnais. La patinoire restait son endroit favori, j'allais finir par y avoir mes habitudes. Et puis il s'est passé cette chose. On était tous les deux assis dans les gradins à attendre que la glace soit prête, nos patins aux pieds, tandis que la machine finissait de préparer la glace. C'était une de ces grosses Zamboni, une surfaceuse qui flotte sur la patinoire. On a tourné la tête vers elle en même temps. On venait patiner tous les jours depuis trois semaines mais on n'en avait jamais parlé. Nos sujets de conversation favoris étaient Cassy, Allan, et surtout le gamin qui dormait dans la chambre en face de la sienne. Modifié m'avait longuement décrit la lèvre supérieure de son voisin de chambre, je supposais qu'il s'agissait d'une difformité. La première fois, il m'avait dépeint la chose comme une merveille, une attraction. Depuis, le gamin revenait sans cesse dans nos conversations, tout chez lui fascinait Modifié. De mon côté, je lui avais raconté qu'Allan souhaitait passer son permis de conduire. Modifié m'avait demandé s'il serait obligé de monter en voiture avec lui, je l'avais rassuré. Il m'avait raconté que quand Cassy venait lui rendre visite, ils faisaient toujours un tour en voiture, à sa demande. J'avais souligné qu'Allan serait certainement un aussi bon conducteur que Cassy, mais il m'avait répondu que ce n'était pas rassurant, que Cassy n'avait toujours pas compris que son miroir pouvait servir à autre chose qu'à se maquiller. J'en avais profité pour lui annoncer qu'elle serait bientôt à l'affiche d'un spectacle de danse, une adaptation du film *Cabaret*. Elle lui en avait déjà parlé. La directrice de casting n'avait pas voulu croire que Cassy se produisait sur scène pour la première fois. Comment lui en vouloir. Auditionner Cassy pour un rôle de danseuse de charme revenait à tester l'aptitude d'un poisson à garder sa tête sous l'eau. Bref, ça ne pouvait pas être lié à nos conversations. Le fait est qu'on s'est regardés et que j'ai tout de suite su ce qu'il pensait et ce qu'il me restait à faire.

Il m'a fallu soudoyer des gars de la ville mais la fois suivante, Modifié passait son baptême de Zamboni. Il fallait le voir au volant de l'engin, assis à côté du gros barbu qui la conduisait.

Un prêtre et son eau bénite n'aurait pas fait mieux. Ils ont d'abord raboté la surface avec une large lame, puis lavé la glace avec une eau spéciale. Quand le type a fait gicler l'eau glacée, Modifié s'est agenouillé sur le siège comme sur un prie-Dieu. La machine pissait le liquide par l'arrière et une sorte de serpillière intégrée répartissait l'eau qui gelait au contact du sol et formait une surface aussi lisse que le renflement à l'intérieur du haut des cuisses de Cassy. Modifié n'aurait pas été plus émerveillé s'il lui avait été donné d'assister à la création du cosmos. À la fin, le gaillard barbu a voulu lui taper dans la main ; il est resté la main en l'air. Puis Modifié est descendu de l'engin et s'est jeté sur le sol en souriant. Ce n'est pas une image. Il s'est littéralement jeté sur le sol. Il a glissé sur quelques mètres. La patinoire n'était pas encore ouverte au public. Le gaillard barbu n'a pas réagi, il est tranquillement parti garer sa machine, on aurait dit qu'il avait déjà vu des dizaines de gamins se jeter au sol après leur baptême de Zamboni. Modifié est resté allongé sur le sol, sa joue contre la glace. Je me suis approchée de lui sans trop savoir ce que je devais faire. Le type était revenu avec une pelle, il a commencé à retirer les raclures de glace qui se trouvaient sur les bords de la patinoire sans jeter le moindre coup d'œil dans notre direction. Il n'avait pas dû apprécier que le gamin le plante avec la main levée. Sa joue toujours collée à la glace, Modifié le regardait faire en lâchant quelques « oh » de surprise. Pour suivre le barbu, il jouait des bras et des coudes et pivotait sur la glace. Son corps tournait sur la patinoire comme le bâton d'un crêpier au-dessus de la pâte. Je lui ai dit qu'il allait attraper froid, il a changé de joue et m'a souri. Je savais encore moins ce que je devais faire alors j'ai posé la question qui m'obsédait depuis des mois, « Pourquoi tu m'as choisie ? ».

Il m'avait bien entendue mais il n'a rien répondu. Je m'étais peut-être attendue à ce qu'il se lance dans des grandes explications, qu'il m'éclaire de son innocence. À la place il s'est levé d'un bond. Je me taisais, je l'ai regardé du haut de mon mètre soixante-quinze, mais cette fois j'étais l'enfant et lui le maître. Sans que je m'en rende compte il a posé ses mains sur les miennes et m'a tirée vers lui en se mettant à genoux. Je n'ai pas pu faire autrement que de me mettre à genoux à mon tour. La glace était froide et dure. Il avait toujours mes mains dans les siennes. Il m'a dévisagée, je me suis détendue, un peu. Il a tiré mes mains vers lui et les a subitement plaquées sur la glace. J'ai voulu me plaindre, la glace me brûlait, mais je l'ai regardé observer mes mains. Il avait posé les siennes à côté, la glace fondait sous mes doigts. Délicatement, il a fait glisser ses mains sur la patinoire, une fine pellicule d'eau les entourait. Je l'ai imité. Je ne me souvenais pas avoir jamais ressenti quelque chose d'aussi agréable. J'avais l'impression d'être dans un rêve. On a continué comme ça quelques minutes et je lui ai expliqué que mes mains étaient comme des hydroglisseurs, puis il s'est intéressé à ce qui était autour de nous en répétant *hydroblisseur,*

hydroblisseur. Il n'y avait personne, rien que des panneaux publicitaires, la plupart étaient défoncés, l'un vantait les services d'un garage, l'autre les prestations d'un salon de massage, le dernier sur la droite, flambant neuf, annonçait l'ouverture prochaine d'un concessionnaire de bateaux. J'avais maintenant les mains bleues. Le spectacle réjouissait Modifié, il étudiait les panneaux comme des tableaux de maître. Je me suis dit que si Modifié ne pouvait pas expliquer le monde, c'est qu'il l'inventait, qu'il le réenchantait. Cette patinoire serait peut-être tout ce qu'il verrait dans sa vie, comme ce panneau affichant les prix d'une station de lavage, mais il voyait bien au-delà des signes et de l'aggloméré, il imaginait. J'ai retiré mes mains de la glace et je les ai posées sur les siennes. Il m'a demandé si j'avais mis du beurre dans mes sandwichs et je me suis mise à pleurer. Il ne m'a pas demandé pourquoi je pleurais alors j'ai continué pendant qu'il contemplait les panneaux. Ça n'a pas eu l'air de le perturber.

Une semaine plus tard, je l'ai emmené faire un tour de voiture. Je suis d'abord repassée par Crown, la rue où il était apparu. Il n'y avait plus de neige. J'ai ralenti, il ne disait rien alors je me suis rangée sur le côté. Une fois garée, je lui ai demandé s'il se souvenait, j'ai dû lui expliquer. Je riais en me remémorant la scène. Il me regardait amusé, diverti par mon histoire, comme s'il ne l'avait pas vécue. Je lui ai demandé ce qu'il faisait là quand je l'avais découvert sur sa caisse en bois. Il a voulu m'aider à comprendre, en vain. J'avais appris à lâcher prise, je lui ai dit que ce n'était pas grave s'il ne se souvenait pas. Il le savait. Puis j'ai repris la route en direction de l'endroit que je voulais lui montrer. C'était une ancienne école que le district avait fermée six mois plus tôt. Le nombre d'enfants diminuait dans la province, les jeunes familles partaient travailler à l'Ouest, l'école n'avait plus d'utilité. Je me suis arrêtée devant le grand portail et je suis descendue pour en retirer le cadenas. Modifié m'a demandé si j'avais la clé des cadenas des portails de toutes les écoles, je lui ai répondu que non. Il m'a dit qu'il connaissait quelqu'un qui avait la clé de tous les cadenas des casiers de Saint-Georges High et que, si je le souhaitais, il pourrait me le présenter. Après quelques secondes, il m'a avoué qu'il ne tenait pas vraiment à me le présenter, que si j'insistais il me le présenterait, mais qu'il ne préférait pas. Il portait son bonnet fétiche, celui qu'il portait le jour de notre rencontre, celui avec les oreilles de chien. Son ventre était découvert. Je lui avais acheté des tonnes de tee-shirts à sa taille mais il persistait à porter les anciens. Il a poursuivi en m'expliquant qu'il avait un jour trouvé un lapin dans son casier. Je lui ai demandé si le lapin était mort. Il a été surpris par ma question, le lapin était vivant. Il avait eu très peur. Je lui ai demandé quel était le lien avec la personne qui avait la clé de tous les cadenas des casiers de Saint-Georges High. Il a murmuré qu'il le suspectait. C'était une accusation très sérieuse pour Modifié. J'ai préféré ne pas en savoir plus.

On était déjà arrivés devant le bâtiment principal, un édifice sur deux niveaux, assez bien conservé. J'ai voulu lui faire deviner à qui appartenait cette école mais il a refusé de jouer, il n'était pas d'humeur, il repensait au lapin. Nous avons fait le tour du bâtiment. Un geai bleu s'est envolé devant nous, et avec lui les idées noires de Modifié.

— À toi, il a dit.

— Non.

— Bon, dis-moi.

— C'est à Daniel.

— C'était facile, j'aurais dû trouver, Daniel est la personne que je connais qui est riche. T'es riche toi ?

J'ai fait signe que non de la tête.

— Et toi, tu aimerais être riche ?

— Je crois oui. Si on est riche on peut acheter une gratte ?

— Certainement.

— Alors oui.

— Et qu'est-ce que tu ferais avec un chasse-neige ?

Il a ri. Ma question tombait sous le sens. Je l'ai reformulée :

— Pourquoi est-ce que c'est aussi important de chasser la neige pour toi ?

Il a repositionné son bonnet.

— Trop compliqué pour expliquer.

— Essaye s'il te plaît.

— Dans une gratte on peut pas se faire mal.

— C'est vrai. Et encore ?

— Des tas d'accidents de grattes. J'ai regardé. La gratte est la plus forte. Les voitures, paf. Les cabanes pour attendre les bus, paf.

Il accompagnait le son d'une tape dans ses mains.

— Les gens qui marchent aussi, paf. Les vélos, les camions aussi, paf, paf.

Je me suis bien gardée de donner un sens moral à son argument. J'ai approuvé en hochant la tête puis je lui ai annoncé la nouvelle :

— Quand l'école sera rénovée, c'est ici que tu viendras. Ce sera ton nouveau centre.

Il a réfléchi, n'a pas parlé.

— Dans ce centre, tout le monde aura un travail.

Je l'ai regardé. Il semblait perdu.

— Tu comprends ?

Il a reproduit le signe de tête que j'avais fait lorsqu'il m'avait demandé si j'étais riche, même amplitude, même moue. Il m'a fait rire. Nous sommes passés devant une grande vitre. Les ouvriers avaient laissé les échafaudages contre le bâtiment. Modifié a pointé du doigt l'amphithéâtre qu'on apercevait par la vitre.

— J'aime pas ça.

— Ce sera un théâtre bientôt.

Il n'a pas été convaincu, il voulait savoir s'il y avait des lapins ici. J'ai montré l'une des fenêtres.

— Là ce sera mon bureau, tu viendras me voir ?

— Vrai ?

— Vrai, je vais travailler ici. Je vais m'occuper des résidents, essayer de leur trouver un travail.

— Moi plus tard comme travail, je veux être dans une gratte. Tu veux savoir pourquoi ?

À cause des couloirs. Avec ma pelle aussi, je peux faire des couloirs où les gens marchent dedans, mais les grattes c'est mieux.

— Mieux que la pelle ?

Il a hoché la tête.

— Avec les grattes les couloirs sont plus hauts et plus grands. Et le bruit, quand la neige elle craque. Comme une porte qu'on pousse avec plein de choses derrière, des cartons vides, mais la porte s'ouvre quand même.

Il regardait le sol et ses mains, moi son bonnet et son nombril.

— Des couloirs ?

— Des couloirs avec des murs très hauts et sans plafond. Quand y a beaucoup de neige.

— Un labyrinthe ?

— Oui un laborinthe.

— Un *laborinthe*.

J'aurais voulu frotter cette tête remplie de *laborinthes* et d'*hydroblisseurs*, ébouriffer la tignasse qu'il cachait sous son bonnet. J'avais vu des adultes le faire avec des gosses, ça avait l'air d'être une chose à faire. Cela dit, Modifié n'aurait certainement pas apprécié.

— Sauf que je veux pas perdre les gens. Il faut que ce soit facile pour eux de trouver où aller.

— Tu veux guider les gens ?

— Je sais pas. En tout cas, les murs de neige c'est comme chaud mais c'est froid. Tu sais que c'est froid ?

— Je sais. C'est froid mais accueillant.

— Accueillant.

— Et toi, tu facilites leur route, tu aimes aider les gens à faire des choix, à avancer dans la vie !

Ma voix s'est emballée.

— Tu les aides à accoucher !

J'ai fait aller mes mains d'avant en arrière.

— Un couloir tu sais, comme un, tu sais ? Tu vois ? Tu es un accoucheur de destin. C'est ça ton histoire de couloir de neige, c'est ça !

J'ai baissé les yeux vers lui. Il ne m'aurait pas regardée autrement s'il m'avait trouvée en pleine séance d'exorcisme sur son ours en peluche. Il m'a fait entendre qu'on ne s'était pas compris :

— Je fais juste un couloir de neige.

— C'est ça oui, un couloir de neige. Tu as raison, j'ai dit en retrouvant mon calme.

— Et ce sera quoi mon travail à moi dans l'école ?

— Ton travail ? Oh, ton travail, c'est une surprise.

— Dis-moi.

Je l'ai fait râler quelques minutes. Dis-moi, non, dis-moi, non. Puis il a perdu patience.

— Bon, je vais te montrer.

Je me suis postée devant l'allée principale. C'était une allée longue de cinquante mètres. Deux voitures pouvaient se croiser. Il m'a regardée comme si je préparais un mauvais coup. J'ai pris un air sévère.

— Je ne sais pas si tu seras à la hauteur.

Il a haussé les épaules.

— C'est toi qui donnes le travail.

— Oui, c'est pas faux. Bon, tu vois cette allée, il lui faudra un couloir de neige aussi. Pour que les gens puissent circuler.

— C'est grand.

— T'as raison, je ne sais pas si c'est très faisable en fait.

— Si ! Si ! Si je me lève tôt, je me lève tôt.

Modifié se fichait d'y passer sa journée. Ça n'avait pas d'importance pour lui, sa notion du temps était différente.

— Alors avec une bonne pelle, j'ai dit.

— Une bonne pelle, rouge.

— Faudra aussi faire la route qu'on a vue à l'arrière, pour les livraisons.

— Si la pelle est rouge.

— Il te faudrait presque un chasse-neige, pardon, une gratte. Qu'est-ce que tu en penses ? Peut-être pas une très grosse gratte mais quelque chose de bien quand même.

— Pour sûr.

Il m'a étudiée. Il se demandait si je lui savonnais le dos ou la planche. Je lui ai fait un grand sourire. J'ai encore eu envie de lui frotter la tête, ça en devenait ridicule. Il m'a demandé pourquoi je souriais.

— Tu auras une gratte pour toi tout seul.

J'ai prononcé la phrase d'un trait. Il a reçu un choc. Il s'est tassé et son ventre est sorti un peu plus de son tee-shirt. Je lui ai conseillé de respirer bien fort.

— Tu respires ?

Il s'est allongé sur le sol, comme ça, sans prévenir. Il a fermé les yeux et m'a dit :

— Viens.

Ce n'était pas un ordre, une simple suggestion ; il semblait m'inviter à le rejoindre dans un endroit très éloigné de celui où j'étais. Je me suis assise à ses côtés.

— T'allonges ?

J'ai protesté :

— C'est froid par terre.

Le sol était gelé. Modifié était couché à même la pelouse humide.

— Oui.

Il a pris ma main avant de confirmer :

— Oui, c'est bien froid tu vas voir.

Comme si la raison que j'avançais pour ne pas m'allonger était exactement celle qui justifiait de le faire. Je suis restée avec ma main dans la sienne. J'ai choisi ce moment-là pour lui annoncer mon autre grande nouvelle.

— Modifié, il faut que je te dise.

J'avais prévenu Allan un peu plus tôt dans la matinée mais je voulais aussi le partager avec Modifié. Avec lui et avec personne d'autre. Je ne savais pas s'il allait comprendre l'importance que ça avait pour moi. Tout comme je ne savais pas s'il mesurait l'importance qu'il avait à mes yeux. Quand je pensais à Modifié et à son apparition dans ma vie, je me disais qu'il était comme le chien qu'on surprend en train de pisser sur son parterre de fleurs. Les coups de pied qu'on lui file ne le découragent pas, pire, jour après jour, il revient pisser au même endroit. Jusqu'à ce qu'un beau matin, alors qu'il est en retard, on réalise qu'on l'attend avec un bol d'eau à la main, pour l'inviter à se remplir la vessie et sulfater un peu plus le parterre que, sans le savoir, on a toujours détesté. Rien ne me disait qu'un jour Modifié n'allait pas décider d'aller pisser sur les fleurs du voisin plutôt que sur les miennes. C'était possible. Je savais que ce jour-là je ne serais plus la même.

— Modifié.

Ma lèvre inférieure tremblait.

— J'attends un enfant.

— Un enfant que je connais ? il a demandé. Il va venir ici ?

J'ai tenté de l'interrompre mais il a continué.

— C'est qui ?

— Non.

J'ai cligné des yeux. Il avait l'art de détendre l'atmosphère.

— Pas un enfant que tu connais. Un autre que personne ne connaît. Je suis enceinte.

Il s'est relevé d'un seul coup et a retiré son bonnet. Ses cheveux ont jailli comme un clown d'une boîte à ressorts et il me l'a tendu. Il l'a fait à l'instinct.

— Pour ton enfant.

J'ai d'abord touché le bonnet sans le prendre, puis, comme il me le tendait toujours, les bras raides comme des piquets, j'en ai saisi un petit morceau. Il l'a lâché et le bonnet m'est resté dans la main.

— Il en aura plus besoin que moi.

— T'es sûr ? Et toi ?

— Ça va aller. C'est juste que j'aime pas que les gens regardent mes oreilles. Mais ça va aller.

— Qu'est-ce qu'elles ont tes oreilles ?

— Des écouteurs.

Il a passé ses mains sur ses oreilles. Il avait de très jolies oreilles. Je ne les avais pas souvent vues. Il a poursuivi :

— Les gens qui parlent. Ils aiment pas quand on n'écoute pas. Les adultes, ils aiment pas les écouteurs.

— Tu te souviens quand tu m'avais dit que tu aimais flotter ?

Il se souvenait.

— Quand je suis avec toi Modifié, je flotte aussi.

— Léger, il a dit, comme un hydroblisseur.

J'ai ri.

— Depuis quand tu t'es pas lavé les cheveux ? j'ai demandé pour changer de sujet.

J'en avais ma claque de chialer comme une madeleine et j'étais sur le point de tout lâcher.

— Me laver les cheveux ?

Je lui ai expliqué qu'il faudrait bien qu'il se lave les cheveux un jour s'il me donnait son bonnet, que les gens allaient les voir, ses cheveux. Il a accueilli ma remarque comme je l'aurais fait d'une merde de pigeon sur mon épaule. Ça l'a quand même fait réfléchir un peu et il m'a finalement répondu, heureux d'avoir trouvé de quoi me rassurer :

— Je les connais les gens, regarderont ailleurs.

— Ah bon ?

— Pour sûr, quand ils aiment pas ce qu'ils voient, ils regardent ailleurs. Le font toujours avec moi.

Il s'est de nouveau allongé. Cette fois-ci, je l'ai rejoint sur l'herbe humide. Je me suis demandé si ce qui grandissait dans mon ventre le sentait aussi. Si le petit être sentait le sol glacé, si il sentait le bras que Modifié avait passé autour de moi pour m'envelopper, si il pleurait comme moi. J'ai regardé son profil, le ciel. J'ai répété :

— Léger.

13151

Composition
NORD COMPO

Achevé d'imprimer à Barcelone
par CPI Black Print
le 2 octobre 2022

Dépôt légal octobre 2022
EAN 9782290259382
OTP L21EPLN003034-435720

Éditions J'ai lu
82, rue Saint-Lazare, 75009 Paris

Diffusion France et étranger : Flammarion